Ibrahim

Couverture : Mathilde Decorbez
Mise en pages : Michelle Aflalo

6, rue du Mail - 75002 Paris
ISBN : 978-2-8486-0035-2
Dépôt légal : 1er trimestre 2022

FRÉDÉRIC BENQUÉ

Ibrahim

Roman

Encre de nuit

« C'est l'histoire d'un type qui s'en sort.
— Oui, enfin, ton type on l'a un peu aidé
à s'en sortir.
— S'en sortir, ça veut dire qu'on rencontre
du monde. T'es idiot ou quoi ?
— Tu m'expliques où on rencontre des gens, nous ?
Dans ce café ? Dans la rue ?
— Tu me connais bien, moi.
— Toi, ce n'est pas pareil, je te connais d'avant.
Je ne vais pas rencontrer des gens que je connais déjà
pour m'en sortir.
— Si, justement, on rencontre des gens, même
ceux qu'on connaît déjà, tête d'ail. On leur laisse
une chance de nous aider, et on s'en sort. »

Entendu à la table d'un café, à Marseille,
automne 1985.

Aux parents.

I

Ibrahim avait une qualité. Il ne se laissait pas facilement distraire, ce qui en faisait un excellent guetteur. Depuis quelques heures, il était posté devant l'entrée de l'immeuble, ou plutôt affalé sur ce transat de camping que Djibril avait apporté.

Quand son cousin l'avait aidé à s'asseoir, le dégageant d'abord de ses béquilles, Ibrahim avait remarqué que les motifs du siège ressemblaient à ceux des sacs en raphia que les gens utilisaient parfois pour leurs voyages au pays, le bled, l'Algérie (ou, sans doute de façon plus pertinente, au tissu dont on emballait les livraisons de cannabis en format de trente kilos qui remontaient du Maghreb par *go fast*, dans un format désigné dans le milieu par les termes vaguement touristiques de « valise marocaine »). Sa jambe plâtrée reposait sur un parpaing gris, ses orteils sortaient d'une coque de fibres rendue sale par l'usage. Au sol, autour de son pied, on retrouvait le grain habituel des voiries façon années soixante-dix, assez grossier, ressemblant à du gravier aggloméré. En surface, des craquelures s'ouvraient de façon aléatoire, laissant passer des plantes rudérales qu'Ibrahim ne connaissait pas mais dont son père, pépiniériste, aurait peut-être su le nom. À un mètre, il vit un insecte un peu plus épais qu'un pouce, long de quelques centimètres, effectuer un trajet entre la route et une anfractuosité du trottoir, où il alla se terrer. Sorte de cafard, en plus nonchalant.

Après son accident, le jeune garçon avait d'abord été tenté de rester immobile chez lui, assis dans le canapé du salon, argumentant de douleurs au moindre mouvement. Mais dès qu'elle rentrait du travail, sa mère avait résolu de s'asseoir avec lui pour lui imposer des exercices scolaires. Il avait tenu trois jours sous cet éclairage éducatif sans ombre, puis avait repris le chemin du lycée dans le bruit mécanique des ergots à ressort butant dans les crans de ses béquilles. Il avait accepté qu'on lui écrive sur la jambe les choses habituelles. Elle s'était constellée de fautes de français les plus diverses, et les quelques mots d'arabe étaient des insultes écrites au feutre. Le gros des graffitis avait été réalisé au tout début de sa convalescence. On aurait dit que ses camarades de classe et ceux avec lesquels il traînait près de chez lui avaient attendu cette occasion pour exprimer leur sympathie, composée de grossièretés. Il faut dire que tous – sauf son cousin Djibril, qui était plus âgé – avaient 15 ans au plus ; aucune fille n'avait pris la peine d'écrire quoi que ce soit. Au niveau de la cuisse, quelqu'un avait décrété qu'on niquerait la police. Donc on la niquerait, et elle seule selon toute vraisemblance.

Ibrahim avait un peu levé la tête pour observer les gens qui allaient et venaient devant et dans l'immeuble. Des jeunes qui se donnaient des airs canailles restaient dans leurs voitures et se faisaient servir par d'autres qui affichaient des airs de durs en charbonnant. Il évitait de jouer à Snake sur son téléphone portable, comme le lui avait rappelé Mouss. À la fin de la journée, quelques heures plus tard, apparaîtrait un billet qui lui permettrait de s'acheter les mêmes chaussures que celles de Djibril. Il pouvait attendre, de toute façon, on ne lui enlèverait le plâtre que dans trois semaines. À 15 ans, le métabolisme progresse sans s'arrêter à des détails, il lui suffit d'un corps vivant pour faire son travail et, dans le pire des scénarios, il parvient rapidement à une conclusion tragique. Dans les deux cas, les patients n'ont pas beaucoup à attendre.

Ibrahim était de ceux qui n'avaient pas de problèmes, et cette chute malencontreuse l'avait placé dans la catégorie des héros mineurs, non dans celle des victimes. Sa face ronde d'enfant, ombrée d'une légère moustache, avait commencé à se durcir avec l'immobilité, et la douceur contrariée de son adolescence s'était mue en une carapace.

Djibril, en bon professionnel, avait pensé aux détails. Il lui avait apporté le sac qu'il traînait au collège. Non pas qu'il ait eu besoin de lire ou d'écrire mais, dans ce sac, Ibrahim avait retrouvé le cube coloré avec lequel il occupait ses journées – Mouss ne l'avait pas proscrit : ça n'avait pas l'air d'une distraction. Par le hasard d'un trafic, un camion ayant séjourné trop longtemps sur une aire d'autoroute près d'ici et y ayant « perdu » son chargement, il avait reçu de son cousin le jouet du professeur Ernö Rubik. Depuis, par la grâce de quelques astuces lues çà et là, il avait compris comment faire bouger les pastilles afin qu'elles s'affichent dans l'ordre de faces monochromes.

Ibrahim avait été effrayé par le nombre de combinaisons – 43 milliards, avait-il dit à Djibril –, reprenant les manières paresseuses des vulgarisateurs scientifiques qui ne savaient pas expliquer les grands nombres, si ce n'était en les comparant à des grains de sable ou des paquets d'étoiles. Comme si on en avait eu quelque chose à foutre.

Il avait très vite compris des choses simples. Notamment que les pastilles centrales, qui sont fixes, donnent la couleur des faces. Et, par conséquent, que les coins du cube ne pouvaient pas non plus être positionnés au bon vouloir : il fallait que la couleur de chacune de leurs trois facettes corresponde à celle des centres. Une fois faites ces constatations de bon sens, le travail consistait à trouver un chemin pour mettre les couleurs au bon endroit et, pour cette tâche, Ibrahim s'était découvert une appétence. D'ordinaire, les dés sont les attributs d'un jeu de hasard, ce cube défiait cette loi : chaque fois qu'il jouait, Ibrahim gagnait à coup sûr, en prenant le temps. Ses dernières semaines d'immobilisation l'avaient aidé à travailler sa vitesse. Il n'atteignait pas la virtuosité des Asiatiques, qui semblaient jongler avec plusieurs de ces cubes sans même les regarder. Mais il se défendait bien. Et puis ça lui occupait l'esprit, augmentant paradoxalement sa concentration naturelle pendant qu'il faisait le guet. Régulièrement enfermé dans son état de veille méditative, Ibrahim avait fini par attribuer une personnalité à chacune des faces, familiarité organisée en fonction de leurs couleurs, le vert évoquant d'ailleurs plutôt l'excitation des terrains de sport que les « vibrements divins des mers virides[1] ». Il ignorait qu'il n'était pas le premier adolescent français à établir des correspondances latentes : il ne savait pas qui était Rimbaud. Et, même s'il l'avait su, il n'aurait pas pris le temps de le lire. Il avait d'autres choses plus relutives sur le métier, vous voyez bien.

Sur la place régnait ce qu'on pouvait appeler une vitalité de branleurs. Le mot d'ordre général était de favoriser le commerce ; il ne fallait pas menacer le client, simplement lui faire comprendre qui il était et ce qu'il ne devait pas être, c'est-à-dire fondé à négocier. Car, parmi les choses qui n'étaient pas à leur place, figurait toujours ce client. Il arrivait de jour dans sa voiture, laquelle, à modèle égal, était plus propre et, comment le dire autrement, moins laissée à l'abandon que les voitures stationnant toute la journée dans ces rues.

Autour de lui s'engageait un ballet sommaire de dealers portant leur gestuelle du deal comme un uniforme. Tout allait assez vite autour de ce corps étranger : une première approche du charbonnier pour connaître la commande et collecter le prix. Un autre dealer, parfois

1 Arthur Rimbaud, « Voyelles », 1871.

Mouss, attendait dans le hall l'arrivée du charbonnier venant chercher la drogue. Alors celui-là retournait à la voiture y livrer son paquet. La division du travail régnait. On était dans la logistique du dernier mètre, de celle qui forme la colonne vertébrale du « larbinat urbain », pour le dire dans la langue des sociologues du XXIe siècle. Puis, le client repartait, pour un bref moment créateur d'un champ de force dans lequel s'étaient déplacés les divers participants, un peu à la manière d'animaux, inquiets d'être l'objet d'une intervention intempestive – comme celle de la police, prête à punir.

Surveiller, c'était le rôle d'Ibrahim. Il n'était pas seul, d'autres jouaient un rôle similaire en divers endroits de la place, comme Bilal, un de ses camarades de classe qu'il avait introduit auprès de Mouss. Mais quand on surveillait pendant longtemps, l'esprit vagabondait toujours. Comme il importait à Ibrahim de faire correctement la tâche pour laquelle il était correctement payé, il avait inventé des manières sophistiquées de surveillance. Chaque fois qu'il avait complété une face de son Rubik's Cube, il portait celui-ci à hauteur de ses yeux comme pour en vérifier l'homogénéité, ce qui lui permettait de jeter un coup d'œil aux alentours en ayant l'air de ne pas y toucher.

Quand la caméra de surveillance avait été installée, une semaine auparavant, il avait remarqué le globe de plastique sombre et réfléchissant qui la protégeait. Mouss avait tranché d'un coup de hache le câble qui la reliait au mur, la rendant défectueuse dès le premier jour. Ibrahim songeait qu'il devrait lui demander d'où venait cette hache. La caméra était installée entre le rez-de-chaussée et le premier étage de l'immeuble contre lequel le fauteuil d'Ibrahim était posé, et reflétait, par un effet dit d'œil de poisson, l'ensemble de la place. Il pouvait donc passer d'assez longs moments la tête en l'air. L'habitude, ainsi que sa vue parfaite, lui permettait de discerner le moindre mouvement dans ce que les mathématiciens décrivent comme un angle solide d'une valeur de deux pi stéradians.

Dans cette position, vautré au sol sur son fauteuil de camping, la protection sphérique de la caméra de surveillance faisant comme un aquarium d'encre brillante, il avait vu le reflet s'animer avec l'irruption de plusieurs voitures aux gyrophares allumés, des adolescents et des adultes s'égaillant dans trois directions alors que lui était resté absolument et résolument immobile après avoir vaguement essayé de se mettre debout à l'aide de ses béquilles, dont le commissaire divisionnaire Cormier s'était saisi. Il était alors retombé lourdement sur la chaise de raphia où il avait attendu, le visage blême, la fin de cette scène.

Alentour, les enfants, trop jeunes pour participer au trafic, avaient entouré les policiers en jouant à leur insu le questionnement socratique : « Pourquoi vous l'arrêtez ? », « Pourquoi toujours nous ? ». Cormier n'avait affiché aucun état d'âme, il considérait qu'il était toujours possible de ne pas se trouver au pied de ces tours. Sans leur accorder de réponse, il se disait que ces questions auraient dû être posées à d'autres, à leurs parents pour commencer, ou à la société, si elle existait, mais sûrement pas à lui.

2

Du fait de sa jambe tendue, Ibrahim était presque allongé à l'arrière de la Peugeot Expert, mains menottées, tandis qu'on avait posé au niveau de sa taille son sac dans lequel se trouvait le Rubik's Cube à moitié fait et, sur ses genoux, ses deux béquilles grises. Cormier était assis à l'avant, à la place du passager. Une jeune recrue récemment arrivée dans la zone conduisait le véhicule.

Le commissariat n'était pas bien loin. À vrai dire, quand bien même le trajet aurait été plus long, le paysage serait resté semblable, il fallait rouler assez longtemps pour que l'architecture change.

De ce parcours, Ibrahim se souviendrait plus tard du feu rouge caché dans les arbres, à la sortie de la résidence, tel un fanal de poupe. Ils patientèrent là un moment avant qu'il vire au vert. Ibrahim remarqua cette attente et la conçut comme une humiliation incongrue : pourquoi donc s'arrêter alors qu'ils étaient dans une voiture de police ? Étaient-ils chargés d'une cargaison à ce point insignifiante qu'elle n'exigeât pas de violer une signalisation que personne dans le quartier ne respectait par ailleurs ?

On l'a dit, en fonction du plus ancien plan banlieue élaboré par la puissance publique, le commissariat ne se situait qu'à un jet de pierre du lieu d'activité dont il avait charge de police. Ibrahim n'eut pas le temps de se sentir mal à l'aise. Il ne fut pas rudoyé non plus quand on l'extirpa tel un encombrant de la banquette arrière pour le mener sur un fauteuil roulant jusqu'à une salle d'attente verrouillée d'une porte munie en sa partie supérieure d'une vitre grillagée. Là, on lui retira son sac, qui contenait notamment son téléphone portable, lui laissant pour seule distraction son jouet.

Le commissariat était une bâtisse dont les murs ressemblaient au trottoir et reprenaient le grain et la couleur générale de l'urbanisme disciplinaire.

En penchant la tête à la vitre grillagée, on aurait pu voir Ibrahim attendre une heure – puis deux – accompagné d'un homme éméché, la cinquantaine défaite, d'un jeune Noir portant un bonnet rouge en viscose et d'un Maghrébin à la lèvre fendue, une tache de sang sur son short blanc floqué d'un logo de l'Olympique de Marseille. Tous ces gens furent tour à tour appelés par une policière à la cambrure évoquant un sport de combat dont le garde-à-vous serait la posture de repos.

Malgré la boule d'inquiétude qui croissait dans

son ventre depuis son interpellation, Ibrahim s'était habitué, comme toujours, à l'indifférence qui l'entourait. Dans cette salle depuis laquelle il voyait passer les fonctionnaires, certains en uniforme, d'autres en civil, il trompait sa nervosité en manipulant son casse-tête machinalement. Ouvrant la porte sans hésiter sur le tour de clé, la jeune recrue l'interrompit alors qu'il venait de mélanger à nouveau les faces du cube. Après lui avoir retiré ses menottes et tendu ses béquilles, elle le conduisit par un couloir et un escalier de quelques marches dans un piteux état, qui reflétait l'indigence du commissariat contraint par un budget décidé par la Région. Ibrahim venait de pénétrer dans une salle comptant trois bureaux. Sur chacun d'eux, un écran occupait la place centrale.

Devant chaque poste de travail, une chaise rembourrée de moleskine verte faisait la conversation.

À gauche de la pièce, un officier de police noir cliquait de façon erratique sur ce qui aurait pu être une carte, s'il était en train de travailler, ou un site marchand de produits de consommation courante, s'il était en pause.

Il y avait deux chaises vides derrière le bureau central, le mieux rangé de tous. Cormier se tenait debout, le dos tourné, regardant par la fenêtre avec vue sur le parking, un gobelet de plastique fumant à la main. Il se retourna puis posa le gobelet sur son bureau. Une fois installé, il laissa la seconde chaise, restée vide, à sa gauche. La jeune recrue fit asseoir Ibrahim à son tour au centre de la pièce, sa jambe plâtrée tendue devant lui, puis vint se poser à droite, en face de l'officier de couleur, chacun en partie caché par son écran.

L'officier noir se leva, une feuille volante à la main et, posant une fesse sur le rebord du bureau de Cormier, se tourna vers le commissaire.

« Il n'a pas l'air très futé, ton Rebeu. »

Cormier, sans se retourner, lui dit d'une voix égale :

« On dit "Arabe", ou "Maghrébin". "Rebeu", ce n'est pas un mot pour la police.

— Ah ben, désolé, mais pour moi, Arabe, Maghrébin, Rebeu, c'est une peinture toute pareille. »

Puis, jetant un œil sur sa feuille, il ajouta :

« En tout cas, il a l'air de rien, comment déjà... Ah oui, Ibrahim... Première arrestation, aucun antécédent. Tu ne serais pas le cousin de Djibril ? »

Ce à quoi Ibrahim répondit par un simple hochement de tête, sans même lever les yeux, essayant de faire passer dans un bruit sec et aspiré l'insolence qu'il estimait attendue de lui. Il ajouta, pour faire bonne mesure, un « Lâche-moi » qu'il pensait suffisamment élaboré pour être convaincant. S'étant levé, l'officier n'attendit pas qu'Ibrahim se redressât sur sa chaise pour la renverser d'un coup de pied sec. Cormier, qui avait contourné son poste de travail, écarta l'officier et se saisit du bras d'Ibrahim pour le remettre d'aplomb tandis que l'officier repositionnait la chaise, sur laquelle Cormier assit Ibrahim sans ménagement.

« Tu ne m'intéresses pas. On laisse partir les mendiants et les handicapés, dit Cormier en se penchant pour ramasser le Rubik's Cube. Nous ne sommes pas là pour être gentils. Bien sûr que tu es une racaille, une jeune racaille, mais une racaille quand même. On n'est pas du même monde, toi et moi, ta manière de parler est infecte. Comment tu la niques, la police ? articula-t-il calmement en pointant le plâtre d'Ibrahim. Ce qui m'intéresse, c'est de savoir qui te paie. Mouss ? »

Ibrahim savait depuis qu'il avait 5 ans qu'on ne confirmait jamais rien dans la langue de l'adversaire, il savait aussi que l'adversaire, dans la rue, ressemblait à l'autorité ; il resta muet et regarda dans le vide avec application. Pendant ce temps, Cormier, qui s'était assis derrière son bureau, jouait avec le téléphone d'Ibrahim. Après avoir essayé trois combinaisons au hasard, il trouva celle qui le déverrouillait. Cormier ressentit une légère satisfaction à l'idée que les codes les plus simples étaient généralement ceux qui fonctionnaient, il se trouvait réconforté de s'opposer à un monde finalement assez transparent. Cette satisfaction, qui se répétait trop souvent, avait cessé de le réjouir, puisqu'elle signifiait aussi qu'il faisait partie d'un environnement monotone. Il jeta à Ibrahim son cube avec un air de défi.

« Tu n'es pas grand-chose, et maintenant qu'on peut éplucher ton téléphone, tu ne nous sers pas à grand-chose non plus. Si tu crois que j'ai le temps de chicaner les imbéciles dans ton genre. On va te ramener en cellule. Montre-moi ce que tu sais faire avec ça. »

Ibrahim rattrapa le cube par réflexe et, en quelques mouvements, ordonna les faces pour que chacune ressemble à un œil dont l'iris avait la couleur du centre de la face opposée. Il reposa le cube avec le même geste de défi un peu dramatique qu'il avait observé dans les compétitions où des juges mesuraient les temps au millième de seconde près. Cormier le fixa, et Ibrahim soutint son regard avant de baisser les yeux.

Cormier, au fond, pensait que la bêtise était d'une vitalité cancéreuse qui se matérialisait par des actes parfois spectaculaires, mais que la finalité de cette bêtise restait d'empêcher les gens de savoir ce qu'ils pouvaient faire de leur vie. Récemment, les disputes de territoires étaient devenues plus violentes, mais elles ne semblaient pas liées d'une façon si certaine aux objectifs économiques des trafics. Les jeunes que Cormier appréhendait lui expliquaient que ces coups violents avaient pour objet de rétablir un respect que d'autres auraient manqué de leur montrer. Et le cycle de ces vengeances faisait office de matériau de remplissage d'une vie à la fois excitante et vide.

Ibrahim était retourné dans sa cellule, laissant Cormier seul avec l'officier noir dans la pièce. Le commissaire avait renvoyé chez elle la jeune recrue. Quand il avait appelé sa femme pour lui dire qu'il rentrerait tard, c'était son fils qui lui avait répondu. Il prit une feuille vierge sur laquelle il inscrivit le nom de plusieurs catégories : *veilleur, charbonnier, dealer*, *nourrice*, *grossiste*, et, au-dessous, une liste de noms – dont celui d'Ibrahim – dans la catégorie *veilleur*, celui de Mouss en *grossiste* et *dealer*, celui de Djibril avec un point d'interrogation sous *nourrice*. Il aurait pu penser à classer les choses différemment, ajouter par exemple les groupes : *policier*, *commissaire* ou *jeune recrue*. À vrai dire, il y aurait eu d'autres rubriques à considérer :

vieux et *jeune*, *idiot* et *malin*. Mais à ce moment de sa rêverie, il pensait surtout qu'il y avait une option pour la vérité et une autre pour le mensonge.

Cormier n'était pas un homme découragé, il était arrivé récemment dans cette ville, après avoir été muté d'un endroit reculé de la France. Bien sûr, la tâche était plus compliquée ici. Il avait appris un langage durci. Parce qu'il faudrait bien, à un moment, dire pourquoi chaque jour Cormier croisait dans la rue un nombre croissant de gens qui lui paraissaient dénués de bonté et dénués d'une forme d'humour permettant de se comprendre.

Ibrahim n'était qu'un représentant de ce nombre-là, il portait sa carapace comme un uniforme. Cormier ne cherchait pas à cerner la personnalité d'Ibrahim – « Rendez-vous ! Vous êtes cernés », aurait dit un écrivain qu'il appréciait. Il pensait que l'insolence d'Ibrahim ou d'autres était un gâchis considérable, une façon de passer à côté d'une vie plus riche, pour des raisons de survie qu'il comprenait sans approuver.

Cormier s'était marié à une femme qui l'aimait et qu'il aimait aussi, ils avaient eu un fils qui ne s'était pas distingué par de grandes qualités, mais Cormier avait su le guider pour qu'il ne s'emplisse pas d'amertume. La scolarité en France était une étape difficile.

On n'avait pas le droit de lui dire que son fils était, à 11 ans, comme un citron qu'on avait trop pressé. Un esprit n'était pas une chose qu'on épuisait, surtout pas à l'école, puisque c'est là qu'on formait les maîtres. Ceux qui viendraient étaient plus nombreux que ceux qui les précédaient, et ils feraient l'avenir par définition.

Cormier avait donc fait ce qu'il fallait et sa femme aussi, ils s'étaient assis avec leur fils. Et sept ans plus tard, après que ce dernier eut tenté la débrouille puis la révolte, il était sorti d'affaire et apprenait son art dans une société qui réparait des engins de chantier. Il faisait, disait-on quand on ne savait pas de quoi on parlait, un métier manuel.

Cormier aussi avait l'impression de faire un métier manuel, il s'en rendait compte quand il lisait, par curiosité, les revues de vulgarisation scientifique auxquelles il était abonné.

Quand il était plus jeune, on lui avait offert un microscope, il avait aimé que tout soit à comprendre. Pendant un temps, il avait caressé l'idée d'une carrière scientifique, mais ses capacités n'étaient pas à la hauteur de sa curiosité. Ses intérêts étaient restés à l'état d'un hobby mélancolique. S'il lisait en spectateur les causes profondes du monde, il aurait été injuste de n'y voir qu'une contemplation passive. Son esprit lui envoyait parfois des ondes étranges qui faisaient vibrer son quotidien d'idées de la physique ou des mathématiques simplifiées par des journalistes.

Pas plus tard que la semaine précédente, sans qu'il l'eût voulu, en lisant un article de logique, il n'était pas allé plus loin que le syllogisme encadré qui stipulait que les hommes étaient tous mortels et que Socrate l'était aussi en tant qu'homme. Était-il donc le seul à s'émouvoir de la circularité, puisque la preuve que les hommes étaient mortels passait par la vérification, dans une longue et déprimante liste, de la mort de

Socrate ? Pourtant, on sortait de l'aporie, on en sortait même tous les jours. La plupart des gens en sortaient en la mettant sous le tapis. Les autres, touchés par une certaine grâce, en sortaient aussi, mais ils gardaient la difficulté sans la résoudre ni l'oublier, comme un caillou dans leur chaussure.

Vaguement trompé sur le cœur du métier de commissaire, il avait fait son entrée dans la police, nourri de cet idéal de débrouiller avec rigueur les causes. Ensuite, la vie s'était enchaînée, on dira cela. À un moment, quand on avait résolu les problèmes les plus pressants de l'existence, comme le clos, le couvert, l'avenir, il était possible de s'ennuyer. Sa femme et lui s'étaient ennuyés, on a le droit de s'ennuyer quand on a 40 ans. C'était pour cela qu'ils avaient déménagé, pour vivre différemment.

Dans le téléphone d'Ibrahim, il y avait une série de numéros que connaissaient bien l'officier et le commissaire et, comme ces numéros étaient attachés à des noms sous lesquels d'autres numéros étaient enregistrés, ils étendaient un peu leur compréhension des connexions vives du réseau auquel appartenait Ibrahim. Vers 21 heures, le téléphone donna un son de clairon qui n'en fut pas moins ironique quand s'afficha le nom de la mère d'Ibrahim. Cormier répondit et apprit à son interlocutrice que son fils était au commissariat. S'ensuivit une courte conversation à l'issue de laquelle Cormier dit : « Il vous attend, nous passerons sur l'événement. Cette fois-ci. »

La mère d'Ibrahim arriva au commissariat une demi-heure plus tard. Cormier et l'officier noir accompagnèrent Ibrahim à l'accueil et lui remirent ses effets à la sortie du commissariat. Alors qu'ils déchargeaient Ibrahim, la mère se leva et se posta en silence face aux deux hommes et à son fils. Cormier prit la parole en premier :

« On le laisse partir cette fois-ci, mais je ne fermerai pas les yeux très longtemps sur la petite bande. Si j'avais un fils comme lui, je ne le laisserais pas traîner. Pour ce soir, on va faire une main courante. »

La mère ne dit rien, mais son visage fermé annonçait l'orage, et le tonnerre éclata quand elle asséna une gifle à Ibrahim, qui dut utiliser toute son énergie pour se stabiliser sur ses béquilles.

« Voilà ma main, et pas courante, imbécile ! »

Les deux policiers esquissèrent chacun un geste inutile qui visait l'apaisement. Ibrahim, humilié, insulta sa mère à voix basse et s'enfuit à coups de béquilles nerveux, sortant dans la rue sombre. On se serait attendu à ce que sa mère parte immédiatement à sa poursuite. Ce qu'elle fit un instant après, mais, pendant une fraction de seconde, elle avait fixé Cormier dans les yeux, lui laissant voir, « inutile folie », l'étendue de son découragement.

Cormier comprit ce désespoir. Il est des moments, dans une journée, où le flot des sollicitations s'arrête sans prévenir. Alors, des situations vues mille fois redeviennent singulières. Cormier pensait qu'il vivrait dans un luxe indécent s'il ignorait cet arrêt intime. La mère d'Ibrahim lui apparaissait comme une soldate engagée dans un combat solidaire du sien. Il avait beau faire, il avait beau convoquer les habitudes, il ne pouvait ignorer qu'ils visaient, par des pentes différentes, la justice tout entière, dont les gens imaginaient qu'elle consistait à punir, quand elle était, à parts égales, une réparation.

Cette impression d'avoir compris comment souffraient et décidaient les autres n'était pas différente de celle qu'il ressentait après un long travail de collecte de données. Celles-ci s'organisaient, et celui qui cherchait trouvait un lien original entre le crime et l'arme, ou plutôt entre le meurtrier et la victime. Lorsque les choses n'étaient pas les putains de mêmes choses. Certes, il revoyait toujours les mêmes têtes de petits criminels dans ce quartier en vase clos. Il reverrait Ibrahim, il en était certain, mais il était tout aussi certain que la place d'Ibrahim n'était pas assignée à la porte d'entrée du commissariat.

Une fois sortie, la mère du garçon se trouva prise au dépourvu, son fils ayant sans aucun doute emprunté une des rues adjacentes. La nuit tombée, l'éclairage public ne permettait plus de distinguer assez loin les silhouettes, en ce soir d'avril. Elle appela deux fois le numéro de son fils. La première fois elle entendit un clairon ténu sonner la charge, la deuxième fois, rien.

Ibrahim avait marché jusqu'à la place de la Mairie et s'était installé sur un des bancs dont le design permettait de s'asseoir mais pas de se coucher, de peur que de très profiteuses « personnes en situation de rue » ne trouvent le repos dans ce paysage urbain chaleureux. Il ignora les deux appels en absence de sa mère et composa le numéro de Djibril. Celui-ci vint le chercher dans sa fourgonnette, de même marque et de même modèle que celle qui l'avait emmené au commissariat. À la différence de celle-ci, elle portait, sur sa carlingue, les traces de décalcomanies d'une ancienne entreprise portugaise de plomberie qui avait migré, consécutivement à la réussite de son fondateur, vers une banlieue plus sûre. Il était 2 heures du matin quand Djibril avait déposé Ibrahim au pied de son immeuble. Depuis 22 heures, ils n'avaient rien fait d'autre que fumer sur les chaises en raphia du lieu de deal, un des membres ayant décidé de faire écouter des hadiths psalmodiés, dans un mélange d'arabe et de français, par un imam algérien rentré au pays. Ibrahim comme son cousin n'avaient rien à faire de ces discours hortatoires, et aussi, hein, ils ne parlaient pas arabe.

3

Le jour suivant, à midi, la mère d'Ibrahim était rentrée chez elle. Elle avait déjeuné seule dans la cuisine, achevant son repas par une cigarette dont elle faisait tomber la cendre dans la coupelle d'une tasse de café refroidi. On pouvait lire à travers son dos voûté toute l'impuissance contre laquelle elle luttait depuis la naissance d'Ibrahim. Elle avait été effrayée par l'arrestation de son fils, comme on pouvait l'être par la première mesure d'une symphonie funeste. Ces premières fois ne nous sidèrent pas, elles viennent confirmer les hypothèses intimes, les prophéties qu'on voudrait faire mentir. Elle savait qu'il s'agissait d'un symptôme, celui d'une érosion intérieure, celui d'un commencement.

Elle pensait que le malheur des hommes était de n'être jamais finis. Son père, travaillant dans l'Administration à Tunis, ne lui avait-il pas semblé malheureux, ne l'avait-elle pas vu, lui aussi, assis dans sa cuisine, le regard dans le vague ? Elle l'avait vu, cet homme durci qui trouvait en vieillissant qu'il n'avait pas vécu comme il le méritait. Elle l'avait vu, quand elle avait eu 10 ans et qu'il l'avait emmenée à la fête de la place du grand tabac qui avait appartenu dans les années cinquante à une famille juive. Elle s'était précipitée, tenant dans sa main la monnaie qu'il lui avait donnée, vers le manège où tournaient des enfants plus vieux et plus grands qu'elle. À chaque tour, elle avait vu son regard tourné vers sa voisine, bien mise, la conversation qui se nouait, mais surtout son sourire, celui qui manquait aux autres scènes de sa vie. Dans ce sourire il n'y avait pas de concupiscence, elle n'aurait pas pu le voir à son âge. Il y avait plus : il y avait des possibilités miraculeuses, l'espoir d'une soif qu'on aurait étanchée.

Elle gardait des souvenirs étonnamment précis de l'appartement d'Ettadhamen-Mnihla, dans la banlieue de Tunis, où elle avait grandi, avant que ses parents déménagent en ville pour se rapprocher du lieu de travail de son père. Elle se souvenait en particulier des fins d'après-midi qu'elle avait passées assise, penchée sur ses livres, aux côtés de son frère plus jeune qu'elle, dans la cuisine fermée d'un rideau où était dessiné un paon de perles aux couleurs criardes. Pendant qu'elle étudiait, sa mère s'affairait et lui posait de nombreuses questions sur les sujets du jour, et la fillette répondait avec fierté.

Ses parents venaient chacun d'une famille de petits commerçants, le voisinage de leurs magasins avait favorisé leur rencontre. Ils s'étaient mariés peu avant l'indépendance, son père avait réglé le régime de leur couple sur la tradition, qui voulait que l'homme travaille et que la femme s'occupe du foyer. Ils suivaient de façon lointaine la religion et se contentaient du minimum. Les évolutions radicales du statut de la femme, instaurées par Bourguiba, qui reflétaient la transformation générale de la société, semblaient n'avoir eu aucune prise sur le couple. L'objectif de son père était de vivre une vie calme dans un pays qu'il ne voulait pas voir changer. Son épouse n'imaginait pas autre chose.

Avec le temps, ce marché s'était avéré de plus en plus théorique. Non seulement le régime avait gagné en corruption népotique, ce qui venait limiter considérablement toute progression professionnelle, mais, de plus, la société connaissait une montée en puissance des femmes, qui avaient cessé d'accepter leur assignation à résidence. Comme tant d'hommes de sa génération, son père avait trop à perdre à s'avouer qu'il s'était trompé dans ses priorités. Il le savait, ça le consumait. De conservateur, il devint traditionaliste. Sans se plonger tout à fait dans la religion, il considéra que la tradition seule pouvait maintenir la société, exerçant une pression sur ses enfants pour qu'ils ne devinssent pas « n'importe qui », comme il le répétait souvent.

Quand elle avait eu 15 ans, les formes féminines de la mère d'Ibrahim s'étaient affirmées. On la sifflait dans la rue, un des épiciers chez qui elle allait faire ses courses avait dit à sa mère qu'elle avait une fille qui rendrait fous ses prétendants. La pression qu'exerçait son père sur elle s'intensifiait, l'autorisant seulement à sortir pour des raisons utilitaires, durant les heures licites définies selon son bon vouloir. Elle ne vit intervenir sa mère qu'à deux reprises, mais avec une détermination qu'elle ne soupçonnait pas. La première fois, c'était pour s'opposer à ce qu'elle rejoigne une école de filles et, la seconde, à ce qu'elle quitte le collège et commence à travailler. À ces occasions, elle vit son père lever la main sur sa mère, arrêtant son geste face au regard de louve que cette dernière lui avait lancé.

Bonne élève, la mère d'Ibrahim avait été acceptée à la fin de ses études secondaires à la faculté de droit de Tunis. Le premier jour, elle avait ressenti un sentiment d'irréalité profond quand le recteur, un homme nommé Tarek Roudbhal, était venu dire aux élèves rassemblés dans le grand amphithéâtre qu'ils étaient l'élite de la nation. Elle avait continué d'habiter chez ses parents par manque d'argent. Elle avait abordé cette nouvelle vie avec une excitation mêlée à la peur de n'être pas à sa place. Son éducation traditionnelle l'avait mal préparée à l'attitude désinvolte des fils et filles de bonne famille pour qui la liberté semblait naturelle. Elle ressemblait à une immigrée dans un pays où l'on parlerait sa langue avec un accent incompréhensible. Il lui fallut une année complète pour s'intégrer à cette communauté. Durant sa deuxième année, elle avait été abordée par l'ami plus âgé d'une étudiante avec laquelle elle s'était liée. Il n'était pas étudiant et travaillait pour l'entreprise de transport paternelle dont il devrait hériter un jour. Brun et maigre, le visage rieur, il dégageait une insouciance communicative et semblait passer ses journées à traîner à la faculté sans obligation précise.

Ils avaient aimé aller ensemble au parc du Belvédère et s'asseoir dans l'herbe du Kobbet-el-Haoua, d'où l'on pouvait voir le golfe de Tunis et manger des oublies translucides achetées au kiosque. Il la faisait rire, ayant l'air de ne prendre à peu près rien au sérieux. Pour lui, la Tunisie était un terrain de jeu. De son travail, il avait peu dit : l'entreprise de son père possédait quelques camions et un contrat qui assurait un revenu régulier, signé avec la STEG, la Société tunisienne d'électricité et de gaz. Le responsable de la logistique au sein de la STEG détenait un quart des actions de l'entreprise de transport, qu'il n'avait pas payées mais dont il percevait les dividendes. « Aucun rapport », avait-il dit avec un sourire ironique à la mère d'Ibrahim. De toute façon, l'ouvrage ne manquait pas, car, comme il en avait plaisanté, « si en Tunisie on ne produit rien, on le transporte sans cesse ». Il ne savait rien faire d'autre que de travailler pour son père et semblait trouver cela naturel.

Il l'avait embrassée au retour d'une de leurs promenades et elle lui avait rendu son baiser. Elle n'avait jamais été amoureuse hormis une passion cachée pour un camarade de seconde. Le feu avait pris sur un cœur vierge où avaient poussé toutes les fantasmagories de la liberté. Ils avaient patienté jusqu'à la fin des études de la mère d'Ibrahim pour annoncer à leurs parents leur intention de se marier. Elle s'était attendue à un esclandre, mais cela avait été au contraire un soulagement. La famille de son mari était traditionnelle, à l'image de la sienne, et les présentations croisées avaient été un succès. Les deux mères étaient des épouses au foyer, le statut des pères était équivalent dans leurs domaines respectifs : un fonctionnaire établi et modeste d'un côté, un patron de PME avec quelques employés de l'autre. On se comprenait.

Ils s'étaient installés dans l'appartement du fils, non loin de l'entreprise de transport de son père. La mère d'Ibrahim avait pris, au sortir de la faculté, un poste de secrétaire dans une entreprise de construction où elle avait été recommandée par son beau-père. Un an après leur mariage, alors qu'ils s'habituaient à leur nouvelle vie, quelqu'un avait dû prendre ombrage de la destination des profits de l'entreprise de transport. Le responsable de la logistique de la STEG avait été brusquement mis à pied. On avait demandé, gentiment d'abord, à ce que les actions fussent transférées à d'autres personnes. Puis on avait changé d'avis et le père avait reçu, un jour férié, la visite d'un fonctionnaire chargé de lui signifier la perte de son accréditation de transporteur, « pour corruption ». Le procès suivrait.

Le procès n'avait pas suivi, sans doute avait-on à y perdre. Il avait fallu néanmoins renvoyer l'ensemble du personnel, après quoi l'entreprise fut dissoute. La mère d'Ibrahim avait vu son mari s'enfermer dans une profonde dépression, incapable de considérer une vie autre que celle qu'il avait si facilement menée. Elle avait assuré les dépenses du ménage sur son salaire seul, la vie s'était réduite au minimum. Ses parents l'avaient aidée. Durant cette période, elle avait ressenti une affection sincère pour son époux et, par une équation désespérée, elle en était venue à penser que les choses iraient mieux si elle tombait enceinte.

Quand elle avait annoncé sa grossesse à son mari, il s'était mis dans une rage folle qu'elle n'aurait pu soupçonner. Le masque de l'incapable tombait. Il lui avait expliqué qu'il se sentait piégé, qu'il avait déjà assez à penser. Elle avait répondu qu'il avait certainement « assez à ne rien faire », assis sans œuvre dans le salon, à laisser filer le temps. L'avortement était légal en Tunisie depuis longtemps, elle n'avait rien dit à personne. Elle était revenue un soir chez elle, le regard éteint, avait annoncé à son mari qu'elle demandait le divorce par caprice, il pouvait dormir dans le salon.

Elle s'était fait représenter par une ancienne camarade de faculté, qui n'avait accepté comme paiement de sa prestation que l'invitation à un déjeuner au cours duquel la future mère d'Ibrahim lui expliqua son cas. Le juge, lors de l'audience, suait à grosses gouttes. Il s'épongeait le cou d'un mouchoir à damier noir et blanc qu'il remettait dans sa poche avec un geste brusque, évoquant à la future mère d'Ibrahim l'arrivée répétée d'une course automobile. À l'issue de la plaidoirie, il avait simplement posé la question de savoir si « les parties avaient eu des enfants ». Elle avait été la seule à répondre « Aucun, monsieur le juge », son mari n'ayant pas fait le déplacement. Le divorce fut prononcé. Il l'aurait été tout aussi bien si le mari avait objecté : on commençait en Tunisie à construire cet arbitrage qui voulait qu'on échange un peu de la liberté sociale des mœurs contre toute la liberté politique des pouvoirs. Les gens auraient, *in fine*, trop peu de l'une ou de l'autre. Elle avait gardé son alliance par superstition jusqu'à l'inscription de son divorce aux registres officiels.

Revenue habiter chez ses parents, elle avait trouvé son père muet. Sa mère, à l'inverse, avait essayé de comprendre et, comme lorsqu'elle était enfant, l'avait fait asseoir dans la cuisine pour la questionner. La mère d'Ibrahim avait compris assez vite qu'elle ne pourrait rester plus longtemps dans un environnement qui lui rappelait son échec. Demeurer à Tunis équivalait à maintenir un déficit. Un proverbe dit qu'on ne peut changer de vie sans changer de ville.

Elle démissionna de son poste de secrétaire. Deux mois après avoir rendu son bail, elle atterrit à Orly, au début des vacances d'été. Le terminal ouest était peuplé de voyageurs effectuant le trajet inverse pour leur agrément. À l'annulaire de sa main gauche, un observateur attentif aurait distingué une décoloration légère en forme d'alliance sur sa peau, marque commune aux divorcés récents et aux adultères estivaux. En octobre on n'aurait plus rien discerné, le corps était passé à autre chose.

4

Elle était ainsi arrivée dans son pays d'adoption dans les années 1980, ayant l'impression d'avoir déjà vécu une vie entière. Par un de ces miracles qui ne se produisent plus aujourd'hui, sa formation avait été reconnue en France. Elle avait travaillé quelques mois dans un café pour subvenir à ses besoins en attendant de trouver un poste qui correspondrait à ses qualifications. Sortant du traumatisme de son mariage raté, elle avait connu une période d'émerveillement devant toute cette nouveauté.

On dit qu'il y a des feux qui réchauffent et des feux qui éclairent, la jeunesse fait partie des premiers. Encore jeune, elle s'était liée avec des clients et avait vécu quelques mois avec l'un d'entre eux. Il l'avait quittée quand les choses avaient commencé à devenir sérieuses. Cet homme était l'héritier d'une marque de chaussures, donc la notion de pointure avait une importance. Il était nourri d'idiotie, avait rompu pour des raisons de différence de classe sociale. Lui non plus ne savait pas qui il était.

Elle avait voulu se construire un avenir plus intéressant, sur lequel elle aurait eu plus de prise. Son patron, dont le fils travaillait à la mairie, lui indiqua un jour la possibilité de passer des concours pour devenir responsable juridique, mais surtout, fonctionnaire municipale. Là encore, une générosité dont la France n'est plus capable ouvrait un statut spécifique aux personnes qualifiées originaires de Tunisie. Pour elle qui ne voulait pas être choisie mais choisir, passer un concours était une bonne manière de le faire.

Elle s'était préparée pendant les cinq mois qui la séparaient de l'épreuve, avait très bien répondu à des questions simples. Reçue, elle était repartie en Tunisie voir ses parents vieillissants et leur avait appris la nouvelle, ils s'en étaient réjouis. Le 1er septembre, elle fut intégrée au sein des services administratifs, au grade le plus bas, et commença par lire en détail la réglementation portant sur le droit du travail applicable aux agents municipaux. Elle comprit qu'elle avait manqué d'ambition, mais comment aurait-elle pu le savoir ? Elle venait d'un environnement fermé par des murs, elle avait pris le risque d'ouvrir une porte sur une pièce pleine d'espoir et d'opportunités. Elle ne vivrait pas la vie qu'avait vécue sa mère en Tunisie, assignée à résidence par un mari que son pays avait réduit au statut de bibelot comme on taillait un bonzaï. Mais si cette vie n'était pas la sienne, elle ne connaissait pas non plus l'éventail des possibilités, elle avait simplement choisi une voie et persisté dans celle-ci.

Trois ans après son embauche à la mairie, elle avait rencontré le père d'Ibrahim. Il venait d'Algérie, était français par son père, pour des raisons liées à la guerre. Comme elle, il voyait son avenir dans une métropole et sûrement pas dans son village reculé, qu'il avait d'ailleurs fui pour une ville plus grande d'Algérie, mais qui lui avait semblé encore provinciale. Comme d'autres, il s'était exilé en France après avoir travaillé en tant que pépiniériste. À l'écouter, on sentait parfois qu'il y avait d'autres raisons à son départ, difficiles à comprendre.

Elle avait aimé la façon dont, un jour, il lui avait expliqué qu'un tuteur, s'il était tordu mais bien utilisé, permettait quand même à un arbre de tenir droit, que cela dépendait de l'habileté du jardinier et, avait-il ajouté en insistant sur les mots, « de son intention ».

Le père d'Ibrahim avait d'abord connu les paysages de Provence, embauché comme jardinier par des entreprises manquant de main-d'œuvre. Comme il était qualifié, il n'avait pas eu de mal, une fois sur place, à se rendre indispensable, négociant au mieux les achats, plantant les arbres adéquats, créant des ensembles harmonieux et pérennes. Il ne se formalisait pas quand un client, généralement une cliente, voulait absolument une espèce incongrue pour le climat du Var.

L'une d'entre elles avait dit à son patron qu'elle ne voulait pas de « travail d'Arabe », et le père d'Ibrahim était apparu le lendemain prêt à faire un travail dont cette propriétaire de pelouse aurait approuvé la race. À ses désirs, il acquiesçait mais les prévenait. Après quelques mois, une année tout au plus, on lui demandait son avis. Il avait trouvé une manière de convaincre sans contredire personne. Quand son patron avait pris sa retraite et s'en était retourné vivre dans un village de Lozère, il avait fermé son affaire. Le père d'Ibrahim avait alors appelé un de ses cousins et pris la direction du nord. Il avait vécu un temps chez son cousin et trouvé une place chez un pépiniériste détenteur du contrat de maintenance des espaces verts municipaux. Moins d'une année après, il eut l'opportunité de rejoindre les équipes de la mairie, qui se résumaient à un manœuvre et un chef jardinier tombé en dépression, qu'il s'agissait de remplacer.

Embauché en CDD, il avait donné pleine satisfaction à ses employeurs, qui avaient vu leurs coûts baisser, ce qui avait permis d'engager de nouvelles et plus visibles initiatives culturelles à destination des seniors – ces gens votent – tout en maintenant le niveau de verdure de la ville – ces gens se plaignent.

Il avait rencontré la mère d'Ibrahim au moment de son renouvellement de contrat. Il s'était vêtu comme pour un rendez-vous important, de son costume sombre et d'une cravate grise. Il ressemblait à quelqu'un. Il attendait dans une salle où patientaient d'autres fonctionnaires de la mairie. Elle était sortie de son bureau et avait appelé à voix haute son nom, il avait répondu « C'est moi » en se levant, comme il avait appris à le faire durant son service militaire. Il était entré dans son bureau et avait répondu aux questions fonctionnelles.

Une autre question avait porté sur les plantes qu'on faisait pousser en ce moment sur les terrains de la commune. Il avait répondu en donnant la réponse exacte : les rhododendrons, les saules marsaults, les thuyas et, pour certains lieux ayant une vocation solennelle, les cyprès courts dont la composition robuste leur permettait de survivre aisément en milieu urbain.

Il lui avait expliqué qu'on refusait, pour des raisons d'entretien, la mise en place d'arbres fruitiers, même les plus résistants, comme les pommiers. La mairie refusait de couvrir elle-même le coût de la récolte et les risques juridiques d'une cueillette sans règles. Mais surtout, il avait dit qu'on faisait partout la même chose, choisissant la sûreté d'une organisation irréprochable. On poursuivait avec assiduité une mission en passant avec application à côté de l'objectif, qui était, selon lui, de jouir en ville de l'anarchie vernaculaire de la vie sauvage. (Il n'utilisa pas ces mots-là, mais vous voyez bien de quoi il parlait.) On ne prenait donc aucun risque, ayant choisi de ne pas se mettre en défaut sur un élément aussi ténu de la politique municipale que celui qui présidait aux compositions de massifs végétaux sur les ronds-points. Il était d'avis qu'il aurait fallu faire pousser des plantes dont on puisse être un peu fier, des plantes difficiles qui demandaient de l'attention et une forme de considération qui aille au-delà de la taille ou de la tonte.

Elle avait été suffisamment séduite pour accepter de le revoir quand il lui avait proposé de visiter la pépinière de la mairie. Ce n'était pas un héritier, il n'utilisait pas les jambes de son père pour marcher : elle avait aimé cela. Elle lui avait rendu visite sur son lieu de travail peu après, par un jour de grand vent qui faisait ployer les arbres neufs patientant dans la cour.

De la terre meuble attendait, elle aussi, d'être chargée dans un camion. Le temps sec et le vent l'avaient forcée à se couvrir les yeux contre ce simoun incongru qui avait semblé l'encercler par moments. En s'abritant contre un des murs de la pépinière, elle avait vu au loin la poussière se lever en un tourbillon de taille d'homme, dans lequel elle avait cru discerner les traits d'un visage tourné vers elle.

Elle avait accepté de déjeuner avec lui, la semaine qui avait suivi. En revanche, elle avait refusé de dîner avec lui le soir même quand il le lui avait demandé, mais sans fermer de portes. Il avait donc insisté et répété sa demande deux semaines plus tard. Cette fois-ci, elle avait accepté, et, après avoir dîné dans un restaurant situé à deux pas de chez lui, ils avaient couché ensemble dans le petit appartement qu'il louait au premier étage d'une résidence pavillonnaire. Elle remarqua qu'il y avait quelques livres portant sur les différentes techniques paysagistes. Celui qui deviendrait le père d'Ibrahim avait étudié les façons de cultiver son jardin avec assiduité.

Sur l'étagère principale de son modeste intérieur, il y avait aussi une photographie aux teintes chaudes et jaunies de deux jeunes hommes adossés à une voiture, apparemment de marque française. Elle avait appris qu'il s'agissait du père d'Ibrahim et de son frère, que le paysage était celui des garrigues qui enserraient Tizi Ouzou. La voiture, lui avait-il dit, était une Peugeot 403 qui avait appartenu à leur père. Il lui avait aussi révélé que ses parents étaient morts, enterrés l'un et l'autre près de Tizi Ouzou. Il n'avait répondu à aucune question concernant son frère, lui précisant seulement qu'il était proche de lui. Pour sa part, elle ne lui avait rien avoué de son précédent mariage. À l'époque, les registres d'état civil entre la Tunisie et la France ne communiquaient pas. On pouvait s'arranger.

Ils s'étaient mariés un an plus tard, devant le maire, heureux d'officier pour ses employés. Ils avaient choisi de ne pas faire de cérémonie religieuse, à cette époque, on en voyait moins l'intérêt.

La famille de la mère d'Ibrahim avait fait le voyage depuis Tunis et constaté l'union. Aucun d'entre eux ne mentionna la précédente : le passé n'avait pas existé. Devant ses parents, elle avait d'abord eu l'impression de leur imposer un mariage de la main gauche, où son statut social à elle serait supérieur à celui du futur père d'Ibrahim. Elle en écarta l'idée, son premier mariage le lui permettait : nul ne pouvait faire que le passé n'ait pas existé. L'oncle d'Ibrahim était venu lui aussi, tout comme le cousin qui avait accueilli le père d'Ibrahim. Quelques amis se joignirent à la fête. La mère d'Ibrahim avait vu dans le regard de son beau-frère qu'il approuvait le mariage, elle y avait vu aussi une forme de soulagement, ce qui la troubla sans qu'elle osât poser la question : de quoi avait-elle sauvé son nouvel époux ? Parmi les découvertes qu'elle avait faites, puisqu'elle rencontrait la famille de son mari pour la première fois, elle avait été frappée par le paradoxe qu'elle avait perçu chez le frère de son mari. Son physique de fort des Halles, aux mains massives et aux épaules épaisses, contredisait la sophistication calme avec laquelle il s'exprimait. Il prenait son temps pour poser des questions et pour répondre à celles qu'on lui posait – en particulier celles qu'elle lui posait –, usant d'un vocabulaire étendu et d'une syntaxe précise.

Comme il avait remarqué dans le regard de la mère d'Ibrahim une interrogation muette à laquelle il était sans doute habitué, il avait souri sans malice à son étonnement. Sans qu'elle le lui demande, il avait précisé qu'il avait reçu lui aussi une éducation, certes pas aussi complète que la sienne, s'étant arrêté au brevet, mais que ce qu'il savait, il le savait. Elle aima cette assurance. Elle avait pensé aux gens de la génération de sa mère qui, pour certains, avaient fait partie des premiers à bénéficier de la démocratisation généreuse du savoir. Ces gens maîtrisaient eux aussi parfaitement la langue française, qu'ils considéraient peut-être aussi, à l'instar du poète Kateb Yacine, comme un « butin de guerre ».

La mère d'Ibrahim avait eu l'idée de louer pour la noce le café dans lequel elle avait travaillé. Son ancien patron avait accepté avec chaleur, refusant qu'elle payât autre chose que les boissons. La famille de la mère d'Ibrahim avait préparé un repas succulent dans les cuisines du café. Ils avaient dansé sur des chansons populaires, quelqu'un avait apporté une cassette de raï, puisque le genre émergeait et qu'il était festif. L'ambiance évoquait un pays chaleureux dont on pouvait douter qu'il existât pour encore très longtemps. Le patron du café était heureux pour les mariés, il avait baissé le rideau dans la nuit au départ de la troupe, vers 3 heures, pensant qu'il venait d'assister à la naissance d'une union durable, miracle banal dont on se serait souvenu.

Au matin, ils s'étaient tous retrouvés pour un petit-déjeuner tardif, le patron du café ayant insisté pour qu'ils reviennent. Ils avaient mangé au milieu des autres clients. Vers 15 heures, les invités étaient partis pour Orly, les uns allant rejoindre la Tunisie, les autres l'Algérie. Le père d'Ibrahim et son frère s'étaient dit au revoir en s'embrassant longuement. La mère d'Ibrahim avait compris, aux tressaillements légers de leurs épaules, que les deux hommes pleuraient. Elle avait revu l'oncle d'Ibrahim à quelques reprises sporadiques, au gré de ses visites en France. Elle lui avait parlé au téléphone pour les petites occasions de la vie, la bonne année ou d'autres fêtes, durant les années qui avaient suivi.

Après la naissance d'Ibrahim, son oncle lui téléphonait pour chacun de ses anniversaires. Elle avait compris qu'il correspondait régulièrement avec son mari. De retour du travail, un soir, elle avait surpris le père d'Ibrahim dans la lumière concentrée de la cuisine. À son grand étonnement, il écrivait à son frère une lettre de plusieurs pages. Elle resta discrète, ne posa aucune question.

Ils déménagèrent dans un pavillon modeste. Cette fois-ci, ils eurent la jouissance de l'ensemble contre un loyer qui représentait alors un cinquième de leurs salaires combinés et qui, avec le temps, représenterait une proportion plus faible.

Un an passa, durant lequel ils apprirent à mieux se connaître. Elle était d'un naturel joyeux, il était sujet à quelques épisodes taciturnes, mais elle appréciait son sérieux et il lui paraissait savoir ce qu'il voulait : une famille, une maison plus grande, une vie tranquille. Cela ne lui faisait pas peur, elle aimait qu'il le sache. Elle avait compris aussi ce qui lui plaisait chez lui : à côté de son tempérament sérieux, il se laissait émerveiller et continuait à apprendre. Il était passionné par son métier, pouvant passer des heures à lire des ouvrages traitant de la flore des pays lointains. Il ne s'estimait pas quitte. Elle aussi s'était affranchie de son environnement par l'étude, elle s'était fourvoyée dans un mariage et l'avait surmonté. Mais surtout, *in fine*, elle avait pris des risques. Il lui ressemblait davantage que les fils de famille qu'elle avait pu fréquenter, qui n'étaient que des âmes polies, ignorantes de leur état, protégées de toutes conséquences de leurs actes. Du moins le croyait-elle.

Ils avaient voyagé cette année-là, ayant retardé leur voyage de noces. Ils étaient allés en Tunisie et, dans une station balnéaire *all inclusive*, un soir où le soleil embrasait le ciel dans des teintes mauves et rouges, ils avaient conçu Ibrahim.

Elle avait souffert durant la grossesse, passant les mois d'été allongée. Son médecin l'avait mise en garde contre un accouchement prématuré. Elle ne lui avait pas avoué qu'elle avait avorté, elle avait donc vécu dans l'inquiétude que cela n'affectât son diagnostic.

Le troisième jeudi du mois de septembre, Ibrahim était né par césarienne, au cours d'un accouchement suffisamment compliqué pour que le père d'Ibrahim se retrouve seul avec son bébé pendant que les médecins sauvaient sa mère d'une hémorragie.

« Votre enfant se porte bien. Il y a eu des complications, ces choses arrivent. Vous allez bien », étaient les mots qu'elle avait entendus à son réveil. Elle n'allait pas « bien », elle avait subi pendant longtemps les séquelles de son accouchement. Elle fut réticente à l'idée d'avoir, comme ils l'avaient projeté, d'autres enfants en une succession rapide (deux de façon certaine, trois si l'envie était là et si l'argent le permettait).

En France, les nouveaux parents disposaient de trois jours francs pour déclarer l'enfant et lui donner un nom. Ils en avaient parlé ensemble mais, par la force des choses, le père d'Ibrahim était allé seul faire les démarches. Quand il s'était trouvé devant l'employé responsable de l'état civil, un sanglot lui avait saisi la gorge lorsqu'il avait nommé son fils pour la première fois. Le nom d'Ibrahim avait été inscrit à la main dans un grand livre liseré de bleu et de rouge, où chaque ligne attendait sa vie nouvelle. Ils avaient fait circoncire leur fils à l'hôpital quelques semaines plus tard, ayant en tête d'éviter le traumatisme d'une opération tardive si jamais il décidait d'adopter la religion musulmane. Ibrahim était resté fils unique.

Elle aima son fils avec abandon. Lui n'avait pas le choix ; enfant, il était tendre. Ibrahim grandit sous le regard attentif de sa mère, qui lui apprenait à vivre. Il eut 1 an, elle lui apprit à marcher ; il eut 3 ans, elle lui apprit à lire ; il eut 6 ans, elle lui apprit le calcul.

Son travail fini, elle passait à la garderie, l'emmenait au centre commercial, faisait des courses et lui du manège, puis elle rentrait et s'asseyait à la table de la cuisine, lui demandant de décrire sa journée. Elle lui décrivait la sienne dans ses mots à lui. Ibrahim était un bon élève, doté d'une intelligence curieuse.

Le père d'Ibrahim était présent lui aussi, bien que la distance croissante avec son fils et sa femme ne lui échappât point. Il se manifestait à sa manière, proposait des balades en forêt où il enseignait le nom des arbres à son fils.

Parfois, le matin, quand elle se levait après lui, elle surprenait son mari assis seul dans la cuisine, le regard perdu. Certains soirs aussi, il lui arrivait de boire sans lui proposer de se joindre à lui et, enfoncé dans le canapé, il avait alors toujours le même regard qui semblait flâner dans des souvenirs enfouis. Elle s'en amusait et, quand il était dans ses pensées, elle enlaçait son dos et l'embrassait sur la joue pour le faire revenir au présent. Quand elle lui demandait quel était l'objet de ses rêveries, il donnait chaque fois une raison banale comme une excuse : la politique d'achat de la mairie, le gâchis des arbres et des plantes.

Au début, elle l'avait cru. Mais quand les excuses s'étaient répétées, elle avait eu le sentiment qu'il se cachait d'elle, et elle en avait été blessée. Un soir, elle lui avait pris son verre des mains, l'avait posé sur la table basse et s'était dressée devant lui. Elle l'avait regardé, attendant qu'il parle. Cette fois, il n'eut pas le choix. Il lui parla de son passé en Algérie, des événements qu'il y avait vécus avec son frère. Il lui dit le soleil blafard du matin, le cri étranglé du chien et le sang du berger sur la pierre. Il raconta l'histoire avec l'espoir de n'avoir plus aucun secret. Il dut répondre à ses questions, il l'avait vue réfléchir dans les moments de silence. Le soulagement qu'il avait ressenti en se confiant laissa place à l'impression de contracter une dette qu'il n'aurait jamais pu solder. Elle avait essayé, pour un temps, de faire la part des choses et, certains jours, elle avait même réussi à oublier ce que lui avait avoué son mari.

Elle s'était sentie coupable de lui avoir caché son premier mariage. Il lui avait semblé qu'il était maintenant trop tard, que le secret de son mari pesait plus dans la balance des mensonges. Elle s'en voulut de n'être pas allée au bout des conversations antérieures qui auraient ouvert sur la même triste clairière. Elle s'était trompée et l'homme qu'elle pensait complet avait en réalité perdu une dimension fondamentale dans ses années de jeunesse. Elle comprit comment, dès que l'on perd un élément essentiel, on se trouve tout à coup jeté dans un monde défini par la dimension même de la perte.

Peu à peu, l'intérêt de la mère d'Ibrahim se reporta sur son fils. La blessure était là, ouverte. Le père d'Ibrahim considéra qu'elle commettait une injustice à son égard. Il fut incapable de défendre sa valeur, il en trouva l'idée même humiliante. Puis il se convainquit qu'il n'y avait pas d'injustice, que les choses étaient comme elles devaient l'être pour les gens comme lui et qu'il ne pouvait prétendre à éduquer son fils, puisqu'un sang déjà impur coulait dans ses veines.

5

Il abandonna. Il s'absenta, il revint tard. Il passa du temps avec ses collègues, en rencontra un en instance de divorce qui lui proposa des sorties. Il se sentit coupable et, graduellement, augmenta sa consommation d'alcool jusqu'à en acheter régulièrement. Ils habitèrent ainsi l'un à côté de l'autre, le père d'Ibrahim se sentant en trop et la mère d'Ibrahim faisant trop peu d'efforts. Lui, essayant de ne perturber aucun cercle de peur d'en être définitivement exclu ; elle, cachant son intérêt évanoui derrière l'attention qu'elle portait à son fils. Quand ils faisaient l'amour, elle essayait de se souvenir des premières fois. Le père d'Ibrahim voyait pousser des plantes inconnues dont il ne connaissait pas les fruits. Un jour qu'il avait bu, il s'arrêta dans une rue de sa ville où il savait que des femmes étrangères faisaient commerce. On lui donna un prix, il poussa une porte. Ça devint une habitude.

Une fois, le père d'Ibrahim était revenu ivre d'une de ses sorties, sentant un parfum inconnu. Elle lui avait donné un ultimatum. Il avait recommencé. Enfin, elle lui avait dit qu'ils ne pouvaient plus vivre ainsi, ensemble et comme séparés. Ibrahim avait 8 ans, elle s'était demandé comment elle avait pu laisser perdurer une telle situation. Elle lui avait dit : « Je dois te quitter. Tu sais cela, n'est-ce pas ? » Il avait baissé la tête, étouffant un sanglot. Le lendemain, elle était passée aux aspects pratiques. Il n'avait pas eu la force de résister.

Elle retrouva une autonomie que son mariage avait assoupie, ce fut comme une ancienne habitude récupérée. Après quelques discussions à la mairie avec la personne idoine, elle obtint un logement social et déménagea dans le mois. Le père d'Ibrahim continua de payer le loyer pendant un trimestre, puis lui aussi partit pour un appartement sans charme, mais bien placé, situé à trente minutes à pied de sa femme et de son fils. Ils avaient organisé rapidement le partage de la garde d'Ibrahim. L'usage fit qu'Ibrahim, au début, passait une semaine chez l'une et une semaine chez l'autre, puis il ne se rendit plus qu'un week-end sur deux chez son père.

Ce point d'équilibre fut retenu au moment du divorce, jugé six mois après la séparation de corps. La mère d'Ibrahim se souvenait qu'après avoir reçu les papiers officiels entérinant la séparation, elle avait prononcé son propre nom à voix haute, le complétant de cette question muette : « Vas-tu donc passer le reste de ta vie seule ? »

Les années qui suivirent s'écoulèrent lentement, d'abord du fait des contraintes liées à l'argent, qui rendaient plus étroites ses possibilités. Puis elle se découvrit seule dès la classe de cinquième face à son fils, qui était entré dans l'adolescence. Il fut dur avec elle, lui reprocha la rupture ; il fut dur avec ses professeurs, entraîné par d'autres. Elle n'abandonna rien d'important, alla chercher son fils dans la rue au crépuscule, connut les noms de ses compagnons de rue, alla voir les mères de ceux-ci pour leur dire ce qu'elle voulait pour son fils et pour les leurs.

Le soir, elle s'asseyait avec Ibrahim, le forçant à travailler ses cours, vérifiant ses progrès. Elle eut cette force pendant deux ans mais, quand Ibrahim entra en troisième, elle n'en eut plus la capacité. Ibrahim déclina, personne ne s'en aperçut au départ, puisqu'il avait accumulé un savoir et paraissait avoir l'esprit clair. Surtout, son déclin était invisible du fait d'un environnement scolaire qui s'était dégradé à la mesure de l'indifférence dans laquelle on avait plongé une partie de la France.

Les temps changeaient. Là où auparavant les élèves ayant des difficultés étaient envoyés par leurs parents dans le privé, le flux vers le privé se diversifiait et incluait maintenant les élèves plus sérieux. On n'était encore qu'aux prémices d'un mouvement qui éviscérerait la République des villes moyennes et des banlieues.

Il fut admis en seconde avec des notes passables puis cessa tout effort. Dès lors, la chute fut rapide. Sa professeure principale, qui connaissait la mère d'Ibrahim, demanda à la voir. Quand elle la croisa, par hasard, dans les allées du supermarché, deux mois après cette requête qui n'était jamais parvenue à cause des manœuvres d'Ibrahim, elle lui demanda les raisons de son silence. La mère d'Ibrahim ressentit d'abord de la colère envers son fils, mais surtout à l'égard de la situation dans laquelle ils se trouvaient tous. Ce soir-là, quand elle vit Ibrahim – qui se croyait protégé par ses courtes manigances de petit homme –, elle eut l'intuition que les sources de sa colère étaient plus subtiles. Elle était furieuse comme on pouvait l'être de n'avoir pas fait l'effort qu'on devait faire soi-même, qui différait de ce qu'on avait fait jusqu'alors, et qui s'était nourri, enhardi même, de l'indifférence dans laquelle on l'avait tenu. Elle ne se donna pas d'excuses.

Voilà à quoi elle pensait, alors que sa deuxième cigarette achevait de se consumer dans sa tasse de café. Elle revoyait la série d'échecs qu'elle avait connus en s'interrogeant sur la part qui émanait d'elle, et sur celle qui venait des autres. Elle se disait qu'Ibrahim était aussi la synthèse de ces causes impossibles à démêler, entre celles qui dépendaient d'elle et celles qui n'en dépendaient pas. L'échec des hommes et celui des femmes, leurs réussites, trouvaient partie liée dans la vie de leurs enfants, il n'y avait rien à trier ici.

La conversation avec la professeure principale avait eu lieu la semaine dernière. Elle avait voulu téléphoner à son ex-mari, mais l'absence de contacts réguliers les avait rendus étrangers l'un à l'autre. Elle craignait de s'exposer à des critiques qui prenaient leur source dans l'échec de leur relation.

Le regard de Cormier lui revenait à l'esprit. Quand elle avait giflé Ibrahim, elle y avait lu de la surprise et une forme d'admiration. Bien sûr, en sortant du commissariat à la poursuite de son fils, elle n'avait pas la même clarté d'esprit qu'à présent. Avec le recul, elle comprenait mieux la réaction de Cormier, qu'elle avait d'abord attribuée à la satisfaction que peut avoir l'autorité quand elle est approuvée. Il lui semblait toutefois que, dans le monde où elle vivait, on abandonnait sans cesse, que le résultat de ces abandons échouait dans les filets habituels. Les gens qui manipulaient ces filets trouvaient espoir quand l'abandon était pour une fois contesté. Elle était comme réconfortée d'avoir donné de l'espoir à un commissaire de police. Demain elle irait voir le directeur du lycée de son fils et elle poursuivrait sa tâche à mains nues. Sculpter la matière née de sa chair, forcer les traits de la statue.

6

La mère d'Ibrahim arriva en avance au rendez-vous qu'elle avait sollicité. Elle se présenta aux grilles le matin, un quart d'heure après l'heure pleine, ne voulant pas être vue. La concierge du lycée lui ouvrit depuis sa guérite. En lui accordant une attention distraite, elle lui indiqua le chemin du bureau du proviseur. Il la reçut dans une pièce rangée. Sur le bureau était posé un cube de lucite dans lequel avait été plongée de guingois, comme en suspens dans une chute sans fin, une pièce carrée d'un métal doré où étaient gravés le nom du proviseur, le titre de « major », l'acronyme « IUFM » et l'année de naissance d'Ibrahim. Elle s'assit sur la chaise qui faisait face au proviseur, s'éclaircissant la voix. C'était un homme d'une cinquantaine d'années, au visage ouvert malgré les soucis engendrés par la gestion de son établissement. Quand il demanda à la mère d'Ibrahim ce qui l'amenait, elle récita les premières phrases qu'elle avait répétées avant de s'endormir la veille.

« Mon fils, Ibrahim, est élève en seconde. Je sais que ses notes ont chuté, je le sais, car j'ai parlé à sa professeure principale. Elle m'a dit qu'il avait perdu pied, je m'en veux de ne pas l'avoir compris. Ibrahim ne me parle plus comme il me parlait avant, il se trouve entraîné dans de mauvaises fréquentations. »

Le proviseur se pencha sur son bureau pour manifester un intérêt, mais il avait du mal à comprendre le but de l'entretien :

« D'après son dossier, je vois bien les difficultés que rencontre Ibrahim, il me semble qu'il était bien meilleur élève au collège. Cela dit, il n'est pas le seul dans ce cas. Madame, que puis-je faire pour vous ?

– Monsieur, je veux être certaine qu'il redouble. Il a besoin de plus de temps pour devenir quelqu'un. »

Un silence s'établit après qu'elle eut parlé. Le proviseur la regarda dans les yeux et elle soutint son regard. Elle savait très bien qu'on se débarrassait des élèves comme son fils en les faisant passer le plus rapidement possible dans les boyaux d'un enseignement où ils n'apprenaient plus rien. Elle avait bien vu, les années précédentes, comment les professeurs ouvraient comme une trappe les filières alternatives, qu'ils prônaient les apprentissages, ces options dont elle avait l'impression qu'elles n'étaient jamais évoquées avec d'autres.

« Madame, à quoi cela servira-t-il ?

— Cela servira, monsieur, à ce que mon fils devienne quelqu'un.

— Vous savez, tout n'est pas entre mes mains, je vais parler à sa professeure principale, vous verrez bien au moment du conseil de classe.

— Je ne vous demande de faire que ce qui est possible. Ibrahim en a besoin. »

Elle hésita puis, voyant le proviseur hocher la tête pensivement, elle ajouta : « Je vous en prie, que personne ne lui dise que je vous ai parlé. »

La mère d'Ibrahim se leva sans même attendre que son interlocuteur lui signale la fin de l'entrevue. Elle serra la main qui lui était tendue, passa la porte qui lui avait été ouverte, pressant à deux mains sur son ventre son sac de marque, cadeau de son premier mariage.

Au conseil de classe de fin d'année, le cas d'Ibrahim fut traité en quelques minutes, les délégués de classe n'ayant pas eu le temps d'argumenter. Il fut décidé qu'il redoublerait sa classe de seconde, n'ayant pas eu les notes suffisantes pour prétendre passer en première générale, l'idée d'être orienté n'ayant même pas été évoquée. On ne fit pas le même raisonnement à l'endroit de Bilal, dont on considéra qu'il serait mieux à sa place en filière électromécanique. Quand il apprit la nouvelle, au crépuscule de ce vendredi de printemps, Ibrahim eut d'abord le sentiment qu'on lui faisait une plaisanterie. Quand le deuxième délégué de classe lui confirma son redoublement, il ressentit une telle honte qu'il aurait voulu être ailleurs que dans cette cour de lycée, sur ce banc où il s'était allongé, entouré de quelques camarades qui lui montraient une compassion de courte durée.

Rien n'arrivait jamais pendant ces jours qui ne comptaient pour rien, où les cours étaient finis, où l'on était encore censé faire acte de présence, quand la raison même de cette présence s'était dissoute dans la chaleur montante de l'été. Il s'était pourtant passé quelque chose d'incompréhensible qui le faisait maintenant vouloir se lever, pousser sur ses béquilles, son sac sur le dos, et partir. C'est ce qu'il fit, sans prendre congé de personne. Après être sorti de l'enceinte du lycée, après avoir fait rougir ses mains sur le plastique poreux des poignées de ses béquilles, quand des ampoules commençaient à apparaître du fait de la poigne avec laquelle il plantait les patins circulaires dans l'asphalte du trottoir, il sentit monter en lui, à côté de la honte, à la place de la honte, une rage qui ne pouvait se résoudre qu'en un hurlement. Et il hurla. Les gens qui se hâtaient vers l'arrêt de bus devant lui sursautèrent et hésitèrent entre le regarder ou se presser pour ne pas manquer leur bus.

Il cria à nouveau. Quand il atteignit l'abribus, il s'assit lourdement, occupant l'entièreté du banc par son milieu. Il leva la tête et vit alors chaque visage, derrière la vitre séparant le chaos de l'harmonie, tourné vers lui et se demandant « Qu'y a-t-il ? », et aussi « Pourquoi cet Arabe crie-t-il sans raison ? », ou encore « Partons au plus vite avant qu'il ne monte ». Le bus parti, il resta seul sur ce banc, dans un état d'hébétude qui dura le temps qu'un autre bus arrive. Il se leva alors, et quand il monta sur les marches, usant de ses béquilles, il esquissa le geste de chercher un titre de transport dans sa poche ou son sac, on ne savait pas bien. Ce à quoi le conducteur répondit par un autre geste qui voulait dire « Peu importe ».

Ibrahim prit une place, descendit à son arrêt. Quand il ouvrit la porte de chez lui, sa mère, qui l'attendait dans l'entrée, lui demanda comment il allait. Il répondit « Bien », dépassa sa mère et traversa le couloir jusqu'à sa chambre, dont il ferma la porte. Une demi-heure plus tard, il dormait tout habillé sur son lit.

Il se leva tôt, bien plus tôt qu'à son habitude. Il restait de la veille une sensation poisseuse de malaise qui commençait à se déployer. Il s'imaginait revenir dans le même lycée, certains de ses camarades, qui n'étaient pourtant pas si différents de lui, ayant pris un autre canal alors que lui resterait dans l'écluse à se battre les flancs. Il se demandait comment annoncer la nouvelle à sa mère. Se sentant piégé et sale, il se déshabilla et, debout devant le lavabo, fit sa toilette, prenant soin de ne pas mouiller le plâtre. Puis, penché sur la baignoire, il se lava les cheveux. Sa mère attendait dans la cuisine, dans la lumière froide du matin. Il lui annonça son redoublement.

Elle resta d'abord silencieuse – une raison pour laquelle elle faisait silence tenait à la prière que font les mères aux dieux disponibles quand elles mendient la rédemption de leurs enfants. Elle décida de ne pas lui avouer sa manigance. Elle avait le sentiment qu'elle était celle qui avait rétabli la correction des justes en plaidant le redoublement. Elle lui dit enfin qu'elle était déçue mais qu'il ne fallait pas désespérer, qu'elle avait confiance en lui et en sa réussite. Puis elle parla de choses pratiques, lui rappela qu'il devrait se lever tôt le lendemain matin puisqu'il avait rendez-vous au centre médical pour se faire retirer son plâtre.

Elle lui annonça aussi que son père et elle avaient décidé qu'il irait chez son oncle, à Tizi Ouzou, durant l'été. C'était l'occasion parfaite pour se changer les idées dans un lieu qui n'offrirait pas les habituelles fréquentations oisives. Elle lui promit qu'il partirait en avion plutôt qu'en ferry, ce qui coûterait plus cher, mais serait son premier voyage aérien. Sans doute imaginait-elle acheter dans une monnaie inconnue l'accord d'Ibrahim sur une décision pour laquelle il n'avait pas été consulté. Ibrahim s'était préparé à une conversation plus acrimonieuse, la surprise l'empêcha de réagir à son exil estival. Il avait vaguement prévu de reprendre ses fonctions de veilleur, travaillant pour Mouss, et aussi peut-être d'aider Djibril dans ses activités logistiques. Il dit simplement qu'il était d'accord, n'osant pas argumenter en face d'un gain apparent si considérable, celui de n'avoir pas fait perdre espoir à sa mère.

Le lendemain matin, ils se rendirent tous les deux, à la première heure, au centre médical. Ils prirent un ticket au berlingot rouge inévitable. Quand leur chiffre s'afficha – une manière d'appeler les gens, et surtout les malades, depuis qu'ils étaient des citoyens et qu'on les comptabilisait –, ils se levèrent, la mère d'Ibrahim aidant son fils à se redresser. L'infirmier fit une entaille dans le tube de plâtre en haut de la cuisse d'Ibrahim, usant d'un ciseau à courtes lames. Une fois l'entaille engagée, il la continua, se servant d'une scie circulaire qui ressemblait à un jouet dément. En moins d'une minute, le plâtre fut fendu sur toute sa longueur et l'infirmier finit de retirer cette carapace en coupant le tulle qui restait encore intègre et tenait les mâchoires de la fente. Quand le plâtre s'ouvrit tout à fait, Ibrahim dégagea sa jambe et la puanteur âcre de sa sueur recuite emplit la pièce, ce à quoi l'infirmier répliqua sans paraître rien remarquer : « Voilà, il ne reste plus qu'à me muscler cette jambe et marcher. »

7

« La Kabylie n'est pas l'Algérie », avait coutume de dire son père, pour des raisons simples, parmi lesquelles il rangeait en premier lieu les yeux bleus de nombre de ses habitants. Bien qu'il n'en connût pas l'histoire, Ibrahim savait comment la Kabylie, qui avait été un royaume, avait aussi été un lieu de résistance qui n'avait malgré tout pu créer un espace politique au-delà d'une collection de tribus. À côté de cette culture tribale, grâce à ce qu'on peut appeler une forme de libéralisme, puisqu'il y avait eu des hommes tout à fait libres ici, s'était développée une vie intellectuelle dont les Kabyles, même ceux qui ne choisissaient pas d'étudier, tiraient une fierté. Ils disaient que la « montagne était savante », ils disaient que « la route savait », que « la plaine comprenait ». Et en disant cela, ils parlaient des hommes qui peuplaient la montagne, de ceux qui allaient sur les routes et aussi de l'enseignement qui venait aux hommes lorsqu'ils comprenaient comment ces routes reliant Alger à Constantine pouvaient placer dans le cœur des hommes la vocation du voyage, donnant l'espoir de la mer à des gens qui ne l'avaient parfois jamais vue, et la nostalgie des montagnes à ceux qui les avaient quittées.

Tizi Ouzou, de sa ville haute, considérait les trafics irriguant la wilaya du même nom. Malgré son importance démographique, il n'était pas possible pour le commun de s'y rendre par les airs, la ville n'ayant jamais bénéficié d'un aéroport civil. Ibrahim atterrit donc à Alger, où son oncle l'attendait, pancarte à la main, en zone de débarquement. Il n'avait vu son oncle qu'une poignée de fois, et n'avait eu avec lui que des conversations d'enfant. Dès qu'il vit arriver l'adolescent, son oncle ouvrit grand les bras et le pressa contre lui à la manière d'un ami qu'on retrouverait après une longue absence.

La dernière fois qu'Ibrahim était venu en Algérie, il avait 9 ans et ses parents étaient en instance de divorce. Ibrahim n'avait aucun souvenir précis de ce précédent voyage, du moins aucun qu'il ne puisse relier à d'autres. Il lui restait des images sans succession logique, l'odeur du port de Marseille, la lumière quand il était sur le pont du ferry, l'odeur identique du port d'Alger et, partout, l'impression d'ennui insondable dans laquelle cette saison avait été plongée. Ibrahim, à vrai dire, ne cherchait pas à se souvenir. Il répondait de façon rapide aux questions pratiques de son oncle. Il confirma qu'il avait fait bon voyage. À la question sur sa scolarité, il avoua son redoublement. Son oncle opina comme si on lui avait annoncé un prix raisonnable lors d'un marchandage. Ibrahim aima voir disparaître la cohue de la ville, entrer dans des paysages plus arides qui l'éloignaient de la mer. Il y avait presque dix ans, il avait fait le même trajet alors qu'une chaleur identique le forçait à ouvrir la vitre par laquelle il laissait flotter sa main, comme font les enfants qui apprennent le vol.

On arrivait à Tizi Ouzou par une route appelée aujourd'hui route d'Alger, dont le tracé était dû aux Français qui s'y étaient installés au XIXe siècle. Elle arrivait en ville à l'endroit de La Bougie, sculpture de la même forme, qui donnait à la ville une tonalité optimiste ou funeste, selon l'inclination du moment. Tizi Ouzou avait été organisée autour de ses places. Celle de la Mairie, ou de la Poste, dont un des angles s'ornait d'un hôtel qui changea deux fois de nom avant de devenir le siège de la société locale de distribution de gaz. Celle dite du 1er-Novembre-1954, célébrant la création du FLN et qui partage son nom avec le stade du 1er-Novembre-1954 à Alger ou avec celui du 1er-Novembre-1954 à Batna, ou avec nombre de places banales du pays. Arrivant sur la place de la Mairie, l'oncle d'Ibrahim tourna à droite. Après quelques minutes de navigation dans des rues plus étroites, il arrêta son véhicule devant une maison à deux étages aux murs crépis à neuf et au toit-terrasse qu'on devinait depuis la rue, avec ses canisses en roseau blanchies par le soleil.

Ibrahim déposa sa valise dans sa chambre. Il ouvrit les fenêtres pour faire entrer la fraîcheur du soir qui s'annonçait, puis il rejoignit son oncle sur la terrasse. Il le retrouva buvant un large verre de pastis entrechoqué de glaçons tandis que, posée entre les doigts de sa main libre, se consumait une cigarette sans filtre.

« Tu devrais appeler ta mère pour lui dire que tu es bien arrivé. Le téléphone est accroché au mur dans la cuisine, si tu te souviens encore, les numéros à composer sont écrits juste au-dessus. »

Ibrahim disparut. Son oncle détourna les yeux du soleil, maintenant très bas sur l'horizon et s'éteignant derrière les dents gâtées de la ville. Quand Ibrahim reparut, l'horizon avait pris une teinte ocre et circulaire tandis que la ville s'emplissait par les rues d'une obscurité noyée du jaune des lampes à sodium.

« Tu veux aller manger ? demanda son oncle.

— Oui, répondit Ibrahim avec un sourire.

— Bien, allons manger. On marchera, ça nous dégourdira les jambes. »

Ils marchèrent une dizaine de minutes dans l'air du soir, l'oncle d'Ibrahim faisant la réclame du bistrot dans lequel on trouverait des plats simples. Ils prirent une table sur la place, la température permettant de se passer d'air conditionné. Quand son oncle l'interrogea sur ce qu'il voulait faire plus tard, cette question paraissant inévitable, Ibrahim eut envie de répondre qu'il devait déjà refaire, avant de « faire » quoi que ce soit. Il répondit comme d'habitude qu'il ne savait pas, puis, son oncle se faisant insistant, qu'il avait en tête de travailler dans un garage, histoire de dire quelque chose. Son oncle rit en lui disant que cela ressemblait à la réponse de quelqu'un qui voulait se débarrasser de la question.

« Toi, travailler dans un garage ? Tu aimes la mécanique ?

— J'aime les voitures, ça vient avant la mécanique, non ? Et puis, si j'ai envie de faire ça, qu'est-ce que tu vas y trouver ?

— OK, tu veux être garagiste, très bien. »

Son oncle demanda l'addition en faisant un geste au serveur, qui s'était assis sur une chaise pour écouter les nouvelles d'Alger à la radio. Le serveur hocha la tête, vint vers eux avec un morceau de papier qu'il posa sur la table. L'oncle d'Ibrahim le regarda en murmurant silencieusement les chiffres puis il sortit deux billets qu'il donna au serveur avant de le renvoyer d'un geste.

Ibrahim et son oncle se levèrent en silence, mais quand ils commencèrent à marcher vers la maison, son oncle lui dit :

« Tu sais, Djibril ne sera pas là avant au moins une semaine, je ne sais pas si tes autres cousins seront disponibles dans les jours qui viennent. J'ai du travail pour toi, cela te permettra de te faire un peu d'argent de poche. Qu'est-ce que tu en penses ? »

Ibrahim haussa les épaules et lâcha un « OK » sans enthousiasme.

Qu'allait-il faire, de toute façon, seul à ruminer sur le toit de la maison de son oncle ? Faire et défaire son Rubik's Cube ? ou bien regarder la télé algérienne, qui passait les mêmes émissions que celles diffusées en France ? Elles étaient parfois doublées en arabe, langue qu'il ne comprenait pas et qui lui donnait l'impression étrange qu'on se moquait des acteurs et de lui-même.

8

Le lendemain, l'oncle d'Ibrahim se leva tôt et regarda sur la carte l'adresse où Ibrahim et lui devaient se rendre pour rencontrer leur client. Tizi Ouzou connaissait depuis une dizaine d'années le même mouvement d'embourgeoisement qui agitait toute ville sujette à des ambitions contemporaines. Les vieilles maisons habitées par de vieilles personnes avaient cessé de se transmettre des grands-parents aux petits-enfants pour être achetées, parfois par des promoteurs. Certains d'entre eux n'étaient que des aventuriers ayant amassé un pécule en dehors d'Algérie, saisissant les terrains à construire comme les opportunités ouvertes par les héritages.

L'oncle d'Ibrahim n'avait aucun appétit pour détenir d'autres biens que sa propre maison, dont il avait fini par payer l'emprunt en exerçant une multitude de métiers. En revanche, il avait bien compris comment il pouvait s'improviser chiffonnier à domicile et proposer, soit en étant rémunéré, soit en payant une somme modique, le débarrassage complet des maisons dont les habitants étaient décédés. La crise du logement avait rendu ses interventions urgentes. Parfois, il arrivait sur des lieux où il s'agissait d'expulser des squatteurs, souvent des familles qui en avaient pris possession. Les héritiers lui demandaient alors des services d'une nature différente, et des policiers de sa connaissance faisaient, contre rémunération, des heures supplémentaires avant qu'il n'intervînt. Dans ces cas-là, il n'aimait pas son métier, mais s'acquittait de sa tâche aussi bien qu'un autre. Il faisait la publicité de ses services dans les endroits obligés du chagrin, chez les notaires, les avocats, aux pompes funèbres et auprès des vieux imams venant réciter les sourates avant la mise en terre. À la fin, le bouche-à-oreille fonctionnait mieux que toute autre forme de promotion.

C'était une des connaissances encore en vie de la grand-mère d'Ibrahim qui avait soufflé le nom de l'oncle à l'homme d'une trentaine d'années qui les attendait au pied d'un immeuble sans charme de la ville haute. L'oncle d'Ibrahim n'avait pas posé de questions lorsqu'on l'avait appelé, il ne posait jamais de questions depuis qu'il espérait que personne ne lui en posât. Il savait seulement qu'un ancien habitant de son village natal, ayant déménagé – fui plutôt – à Tizi Ouzou quinze ou vingt ans auparavant, s'était installé dans un appartement où il avait vécu jusqu'à sa mort.

L'oncle d'Ibrahim n'avait encore jamais rencontré de femme en charge de faire le vide, il n'avait pas non plus rencontré de gens en larmes. Ces manifestations étaient réservées à des audiences sans doute plus nobles que la sienne, elles avaient lieu avant son intervention. Il arrivait à la fin de l'histoire, comme une ponctuation finale écrite à la va-vite en des lieux froids et déserts. Il rencontrait des gens pressés de vider des pièces sentant le renfermé – l'odeur de ces habitants ayant atteint le bout de leur vie terrestre –, pièces en partie débarrassées de ce qui avait été estimé précieux ou à valeur sentimentale. Il lui avait paru que c'était souvent la même chose, puisque ces morts, à la fin, étaient surtout des oubliés du monde moderne des ayants droit.

Leur vie était contenue dans ces appartements. Il trouvait singulière l'idée qu'on puisse juger l'histoire d'une vie, l'appréhender, du fait qu'elle s'achevait. Plus d'une fois, les gens qu'il rencontrait lui donnaient une biographie succincte du propriétaire des lieux, où les événements s'enchaînaient sans se contredire, expliquant tout, la mort étant la conclusion.

Certes, cette simplicité était nécessaire, puisqu'on ne pouvait rendre compte de toutes les hésitations – de tous les arbitraires, pour ainsi dire – ni non plus des débordements de la vie des pères sur les fils, ni de rien qui allât au-delà de la date du décès : son hôte et lui étaient pressés. Cependant, ivre de cette simplicité, il lui semblait qu'on forgeait en retour un syllogisme prétentieux qui voudrait que, parce qu'on imaginait avoir compris le sens d'une vie, celle-ci fût finie. Parfois son hôte prenait un air entendu et partageait quelques secrets inavouables qu'on avait découverts lors des rangements hâtifs, qui expliquaient certaines attitudes de ces morts anonymes. Il trouvait injuste que ces révélations soient irrévocables.

Il pénétrait dans des appartements où manquaient les hommes et leurs trésors, où ne restait que ce que les héritiers considéraient comme inutile. L'inutile, il le transformait en subsistance. En quelques années, il avait appris à donner rapidement une estimation pour des lots disparates. L'accumulation d'objets n'avait souvent aucune logique propre : sans leur propriétaire, on faisait face à un tas de déchets. Quand il voyait quelques meubles d'époque coloniale ou, à l'opposé, des appareils électroménagers récents, il calculait mentalement dix pour cent du prix à neuf et retirait du tout le coût de la location d'un fourgon, pour arriver à une somme qu'il serait prêt à payer, ou, si elle se révélait négative, qu'il demanderait.

L'homme qui les attendait le salua d'une poignée de main grise, hocha la tête en direction d'Ibrahim, regardant plus loin, comme font les gens qui ne connaissent aucun ouvrier. La porte cochère était ouverte sur un hall dont l'ampoule éclairait la pénombre. L'oncle d'Ibrahim nota l'absence d'ascenseur et ajouta au prix qu'il formulerait un surcoût de pénibilité. Au deuxième étage, l'homme ouvrit les deux verrous d'une porte en bois sur laquelle les services de la Ville, avaient cloué les feuilles pliées en aile d'oiseau d'un avis de passage. Il les fit entrer dans un appartement qui avait dû être en l'état depuis bien avant la mort de son propriétaire. Une cheminée qu'on apercevait au bout de la pièce principale contenait des bûches aux trois quarts consumées, ayant laissé un tas de cendres blanches dont le sommet touchait de sa pointe le bois noirci. On avait laissé brûler un feu alors qu'on débarrassait ce lieu d'un corps ; cette configuration hivernale intrigua Ibrahim.

L'oncle d'Ibrahim fit avec l'homme le tour de l'appartement, constatant la présence de nombreux bibelots, photos de famille en couleurs ou en noir et blanc, livres sur les étagères. Il demanda à l'homme ce qu'il comptait faire de ces objets, ce à quoi l'homme lui répondit qu'il n'avait pas eu d'instructions. Lui n'était qu'un des représentants légaux de la succession, les héritiers habitaient en France. L'oncle d'Ibrahim fit une deuxième fois le tour des lieux, constata qu'on avait retiré des murs quelques cadres, laissant des rectangles clairs sur le papier peint en certains endroits, telles de fausses fenêtres. Celui qui avait fait le tri avait jugé sans valeur tout ce que voyaient Ibrahim et son oncle.

Il restait cependant énormément de vrac dans une vie quand on en avait retiré le plus important, il ne restait même que cela. L'oncle remarqua que les meubles étaient chargés de photographies. Il était vraisemblable que, hormis quelques visages qui revenaient plus souvent, l'homme qui avait vécu ici avait pris en photo de nombreuses personnes inconnues.

Cela l'amusa de retrouver dans certains clichés les paysages de son village ainsi que certaines maisons dont il avait gardé un souvenir net. Sur une table se trouvait une collection de photographies de mariées, certaines en noir et blanc, mais la plupart en couleurs. Je dis « mariées », car le photographe n'avait immortalisé que les femmes dans leur joie simple, autant de reines de village, sans les hommes qui feraient leur bonheur ou les feraient souffrir. Il se demanda qui étaient ces gens qu'il avait dû lui-même rencontrer pour certains. Aucun nom ne lui venait à l'esprit, il ne reconnaissait personne. Dans le salon, il vit, posés sur la table, plusieurs boîtiers photographiques auxquels manquaient les objectifs, cyclopes aveugles en quelque sorte, et trouva confirmation du hobby qui avait donné lieu à cette collection de clichés divers.

Poursuivant mentalement l'inventaire, il constata qu'il y avait quelques meubles d'importance, et qu'on avait récemment remplacé le réfrigérateur. Il finit son tour, indiqua à l'homme le prix qu'il serait prêt à payer ainsi que le temps qu'il lui faudrait – une semaine – pour débarrasser l'ensemble, et donc le temps durant lequel il devrait disposer des clés. L'homme s'isola dans la cuisine pour passer un appel qui dura une dizaine de minutes et revint dans le salon, où Ibrahim et son oncle attendaient debout, un peu gênés à l'idée de s'asseoir dans un lieu dans lequel ils n'avaient pas encore de rôle à jouer. L'homme confirma l'accord de son client sur le prix. Son client l'avait aussi autorisé à laisser un double des clés pour la durée nécessaire, ce qui lui éviterait de faire le trajet pour ouvrir l'appartement chaque matin. L'oncle d'Ibrahim posa sur la table un contrat d'une page en deux exemplaires, qu'il compléta à la main et fit signer à son hôte. Il était

9 heures du matin, la visite avait duré une demi-heure, elle avait suffi à peser et à s'accorder sur les termes de la dispersion. L'homme les salua et partit sans plus de discussion, il avait d'autres préoccupations. Ibrahim et son oncle lui dirent au revoir sur le seuil, comme ils auraient pris congé d'un visiteur passé prendre des nouvelles de la famille.

L'oncle d'Ibrahim se tourna vers son neveu :
« On va procéder avec méthode, l'idée est de traiter l'appartement pièce par pièce. On commence par séparer tout ce qui peut être vendu. On le mettra dans des cartons qu'on entreposera chez moi avant de le vendre. On collera des gommettes sur les meubles d'une quelconque valeur et sur l'électroménager. On les déménagera après-demain, pour les laisser aux grossistes de la périphérie. Ils feront leur affaire du sujet. Le reste part dans des cartons à la décharge, je paierai quelques types pour effectuer le travail quand il ne restera plus que cela. D'abord, allons chercher des cartons et mon camion, il est garé près de chez moi. »

Une demi-heure plus tard, ils étaient de retour dans l'appartement. Ils se mirent au travail en commençant par le salon, qui était la pièce la plus grande. Son oncle désignait les objets qu'Ibrahim devait ranger dans des cartons qu'il avait au préalable formés et placés dans un coin de la pièce. L'oncle procédait à la manière d'un cambrioleur, ouvrant les tiroirs, déplaçant les bibelots et les reposant avec assurance ou, dans de rares cas, les tendant à Ibrahim pour qu'il les isolât. Il leur fallut deux heures pour venir à bout du salon. Chaque tiroir avait été ouvert, chaque bibelot avait été soulevé de son ombre dans la poussière pour être examiné, la vaisselle avait été entreposée dans une caisse, le linge de maison dans une autre, quelques objets en cuivre, un cendrier et une lampe à huile avaient trouvé le chemin de la caisse avec la télévision et sa télécommande. L'oncle d'Ibrahim avait posé des gommettes jaunes sur l'armoire du salon et les sièges en cuir. Les autres meubles ne portaient pas de marque, ils avaient été consignés à l'oubli.

Ils se rendirent dans le bureau et réitérèrent l'exercice. L'oncle d'Ibrahim développa sa méthode, plaça des gommettes rouges sur ce qui était destiné aux caisses, en plus des gommettes jaunes qu'il plaçait sur les meubles. Son idée était de laisser ensuite Ibrahim ranger seul les objets suivant leur code et d'accélérer ainsi le mouvement en traitant de façon identique les autres pièces, quitte à ce qu'il revienne vérifier la qualité du travail effectué par son neveu.

Vers 13 heures, ils firent une pause pour déjeuner. Ils sortirent, achetèrent à emporter des sandwichs et des bouteilles d'eau dans un bistrot ouvert sur une rue proche, envahie de chaleur. L'appartement était à peine plus frais. À mesure de leur progression, ils avaient dû ouvrir les volets pour avoir plus de lumière, et la chaleur s'était engouffrée. Quand ils s'assirent dans la cuisine pour déjeuner, ils étaient en nage. Ibrahim enleva son tee-shirt, son oncle fit de même et ils mangèrent, l'adolescent torse nu, encore mince et imberbe, vêtu pour finir d'un short en nylon où l'on voyait une tache de sueur grandir sur ses fesses ; l'adulte, grand, bedonnant, au corps massif, habitué à la tâche, mangé de poils qui lui poussaient dans le dos, portant un pantalon en toile tenu par une ceinture en cuir tressé, chaussures de même. L'oncle haussa les sourcils en regardant son neveu et lui sourit, Ibrahim lui rendit son sourire. Sa jambe lui tirait, mais il se sentait utile.

Après être passé par l'excitation des voleurs qui se trouveraient par miracle au fond d'une caverne exposant son trésor, Ibrahim s'était interrogé sur l'existence de celui dont ils investissaient l'univers intime, qui avait donné du sens à un arrangement bientôt pesé, jugé et séparé. Une pensée avait surgi dans son esprit, qui ne ressemblait pas à celles qu'il avait eues jusqu'à présent. À force de ranger par ordre d'importance les bibelots, il en était venu à s'imaginer que l'on généralisât la méthode, que tous les moments de sommeil fussent rangés à la suite, que les heures de cours fussent prises toutes à la suite, et qu'il restât alors, une fois qu'on eût rangé tous ces moments, d'autres moments à vivre tous ensemble, qu'on eût devant soi en une succession ordonnée tous les moments de rire, devant soi tous les jeux, tous les baisers – enfin, de baiser, il n'en avait eu aucun. S'étant questionné de la sorte, il avait conclu que les moments de surveillance pour le compte de Mouss faisaient partie de ceux qu'il faudrait avoir eus en premier pour ne pas avoir devant soi tous les moments que l'on passerait dans les commissariats. Dans sa rêverie, il comprit que si les instants sans intérêt étaient passés, s'il ne restait donc que les moments d'excitation, il faudrait aussi se résoudre à ne plus les revivre. Il jouerait aux jeux de balle dix jours d'affilée, puis plus jamais, il embrasserait un nombre inconnu de filles sans cesse pendant trois heures, puis plus jamais. La seule saison serait l'automne. Il fallait donc garder certaines choses en désordre, définition de l'espoir qui lui semblait en valoir une autre.

Vers 14 heures, ils se levèrent de leurs chaises, le corps moite, l'oncle d'Ibrahim posa ses gommettes sur les objets et les meubles de la cuisine, laissant Ibrahim effectuer le rangement pour aller s'occuper de la chambre. Quand Ibrahim eut fini sa tâche, il appela son oncle. N'obtenant pas de réponse, il se dirigea vers la chambre et le trouva assis sur le lit, le regard perdu dans le vide, une photographie dans un cadre posée sur ses genoux. Sur cette photographie, on pouvait voir deux hommes jeunes adossés au capot d'une voiture et, à l'arrière-plan, un paysage de montagne aride. Ibrahim répéta le nom de son oncle et, cette fois, celui-ci réagit, tournant la tête vers lui avec l'expression d'un homme démasqué. Ibrahim fut gêné d'avoir surpris un instant qu'il qualifierait plus tard d'obscène, quand il se souviendrait de ce jour où il avait vu le corps de son oncle vaincu par la peur. Il resta debout les bras ballants. Envahi par la gêne, il s'appuya sur le chambranle de la porte, puis eut le bon sens de dire qu'il avait fini la cuisine.

« Très bien, lui répondit son oncle d'une voix blanche, j'ai marqué cette chambre, tu peux t'y mettre. »

L'oncle se leva pour aller inspecter la cuisine, Ibrahim se retrouva seul dans la pièce qui baignait dans une odeur de sueur mêlée de vieillesse. Il aperçut sur le miroir une vignette, une autre sur la table de chevet, ce qui le ramena à la réalité de sa tâche. Il se résolut à former des cartons, à ranger les effets, encore et encore.

Son oncle et lui se parlèrent à peine dans les heures qui suivirent. Quand Ibrahim eut rangé la chambre, son oncle entreprit de porter les caisses dans le camion qu'il avait garé devant la porte cochère. Ils déménagèrent une vingtaine de caisses. Ce fut aisé pour Ibrahim, son oncle le laissa en majorité s'en occuper. Vers 17 heures, son oncle le prévint de leur départ prochain. Ibrahim remit son tee-shirt maintenant sec, son oncle enfila sa chemise en remisant les pans dans sa ceinture, lui donnant la respectabilité banale des hommes qui ne veulent pas d'une vie différente.

Ils quittèrent l'appartement, son oncle lui annonça qu'ils consacreraient le lendemain à transporter le reste des caisses. Il faisait une chaleur terrible dans la cabine du camion, ils ouvrirent les fenêtres en grand, le trajet fut court, l'oncle d'Ibrahim lui demanda de vider le hayon, puis d'entreposer les caisses dans le garage qui donnait sur la rue. Celui-ci fermait d'un rideau de fer à ce point mangé de rouille qu'il ne semblait rien cacher de précieux, on aurait pu le casser d'un tour de cric. Ibrahim s'exécuta et, trempé de sueur, finit à nouveau torse nu.

Son oncle le rejoignit dans la rue, portant une bouteille d'eau fermée par un bouchon de porcelaine à bascule d'ancienne manufacture. L'eau était glacée, Ibrahim en but les trois quarts. Il se sentait bien, il sourit à son oncle qui lui dit qu'il avait fait du bon travail. Ibrahim eut quartier libre. Il alla dans sa chambre, s'allongea sur son lit et s'endormit de fatigue. Quand il se leva, la nuit était tombée, il faisait encore chaud, il prit une douche tiède. Sur l'horloge, il constata qu'il avait dormi deux heures. Il changea de vêtements pour d'autres qui leur ressemblaient. Tout se ressemblait dans sa manière de s'habiller, malgré les détails et les marques. Sorti de sa chambre, il appela son oncle, qui lui répondit qu'il était « là ». Ibrahim comprit, après l'avoir cherché un moment, que cela signifiait « sur le toit ».

L'oncle s'était assis sur un des sièges pliants auparavant remisés dans un coin de la terrasse. Il fumait une cigarette, et dans son autre main il tenait un verre de Pyrex empli d'un liquide brun sur lequel flottaient deux glaçons. Ibrahim prit un des sièges et, l'ayant déplié, s'assit à côté de lui. Quand il fut installé, son oncle se mit à parler.

9

« Les élections avaient été annulées l'année précédente, nous vivions sans le savoir la fin de l'indépendance. Ton père avait conduit depuis Alger, dans son camion brinquebalant, ses outils de jardinage jetés en vrac dans une caisse à claire-voie ainsi qu'un diable neuf arrimé à la carlingue. Il avait emprunté le camion du pépiniériste chez qui il travaillait, prenant la route à la fin de sa journée de travail, et comptant le rapporter au garage le samedi, avant l'ouverture. Il passa me chercher à Tizi Ouzou, dans cette maison où nous nous trouvons aujourd'hui. Nous prîmes les routes secondaires jusqu'au village de ta grand-mère, jusqu'à la seule route, sinueuse, qui fit valser le diable de ses chaînes et nous imposa de nous arrêter pour le remettre à sa place.

Nous arrivâmes chez notre mère à la nuit noire, nous nous sommes garés dans l'arrière-cour, le camion étant invisible de la route. Nous étions convenus d'une manière de frapper aux volets qui la rassurerait. Ta grand-mère vint à notre rencontre dans la cour, munie d'une lampe de poche aux larges piles plates de 4,5 volts qu'on ne vend plus aujourd'hui, et elle n'alluma aucune pièce. Elle nous embrassa l'un et l'autre sans un mot, nous fit entrer dans sa maison que nous connaissions par cœur. Ta grand-mère était une femme petite et forte, elle portait un nom hérité de la présence française, s'appelant comme les juives des villes. Pendant tout le repas, pris à lueur de la bougie, ton père et moi ne pûmes détacher nos yeux de la tache blême qui mangeait la pommette du visage de notre mère, entourant son œil droit d'une teinte violacée, le fermant à demi. »

L'oncle d'Ibrahim vida son verre d'un coup et le posa à terre, mettant ses mains à plat sur ses genoux, se redressant sur le dossier de sa chaise comme si un interlocuteur invisible lui avait intimé de se tenir mieux.

« Je te parle d'une période où commençaient les meurtres en Kabylie, il faut que je t'en dise plus pour que tu comprennes mieux. Comme au plus fort des "troubles", ainsi que les Français appelaient la guerre d'Algérie, trente ans plus tôt, on commençait, en Kabylie, à égorger des paysans dans les champs puis dans les villages. Les anciens amis s'évitaient. On voyait monter, dans les campagnes d'abord, une inquiétude qui gangrènerait bientôt le pays tout entier. Une dizaine d'hommes jeunes menés par un homme d'âge mûr étaient apparus sur la place du village, la semaine précédente, à la tombée de la nuit. Ils avaient frappé à la porte du chef de la *djemaa*, avaient traîné le pauvre homme sur la place, devant sa femme qui hurlait, impuissante. Dans la lumière blafarde qui éclairait la façade, priant des choses impies, leur chef avait porté le couteau sur l'homme tenu par d'autres comme on le fait sur un mouton. Un long cri étranglé avait retenti, glaçant le ciel, se mêlant à celui de sa femme, qui s'écroula sur le seuil. Tu es trop jeune, tu ne connais pas l'avidité de Dieu, sa vénalité, quand il est revendiqué par ces gens.

Tout cela, je le tiens de ma mère. Ta grand-mère nous raconta comment elle était sortie de chez elle, vêtue d'une couverture de laine brute et, sidérée par le sang qui se répandait sur la place, comment elle s'était entendue maudire dans une langue ancienne et rauque le bourreau et ses acolytes. Quand l'égorgeur se retourna pour remonter avec ses hommes dans leur camion, elle aperçut son visage et reconnut Ashaq, le berger d'un village voisin qu'elle avait vu grandir. Elle aurait dû rester en retrait, laisser les hommes, qui sont tous liés par les liens du sang, prendre des risques. Elle aurait alors, comme d'habitude, essayé avec les autres femmes du village de les retenir. Mais ce soir-là, elle sortit du pacte servile.

Elle maudit le nom d'Ashaq à voix haute, ce qui fit rebrousser chemin à ce dernier. Comme il s'avançait vers elle, il lui dit qu'il n'avait rien contre les vieilles femmes, qu'il était venu châtier les mécréants. Elle se redressa et lui cracha au visage en le regardant dans les yeux. Il la frappa, faisant jaillir le sang, elle tomba dans la poussière, sa couverture glissant de ses épaules. L'un des hommes prit le berger par le bras, lui disant qu'ils s'étaient assez attardés, les villageois voyaient bien ici "qui était le maître". Ils partirent dans un nuage de poussière qu'on devinait dans la lumière blafarde, et ceux qui étaient restés terrés dans leurs maisons sortirent. Ils emportèrent le corps, raccompagnèrent la veuve dans sa maison, ta grand-mère fut ramenée chez elle, où sa voisine la veilla la nuit durant. Elle n'appela pas le lendemain ni le jour d'après, mais quand elle apprit par des rumeurs que le berger savait qu'une résistance demeurait dans le village, qu'elle pourrait le dénoncer, compromettant son royaume misérable, notre mère nous appela à l'aide.

Ton père et moi allâmes nous coucher dans la chambre commune où nous avions passé tant de nuits, enfants. Au petit matin, je me levai avant l'aube, ayant peu dormi. Ton père s'était déjà lavé dans la cour avec une bassine, je fis de même dans la lumière de la lune. Nous ne réveillâmes pas notre mère. Nous prîmes la route jusqu'à la colline, où quelques années auparavant un photographe amateur de la ville, cet homme dont nous faisons l'inventaire, avait tiré notre portrait lors d'un arrêt, un jour que ton père et moi avions emprunté la voiture de notre père pour nous rendre à une fête en ville. La nuit était encore posée sur les pierres, mais quand nous eûmes arrêté le moteur, nous entendîmes les bêlements d'un maigre troupeau de moutons qui se mettait en branle et les aboiements d'un chien des douars à la troupe. Je me souviens aussi avoir pensé au sort des chiens en Islam, comment on vouait à l'infamie ces animaux. »

L'oncle d'Ibrahim alluma une cigarette, en tira une longue bouffée, semblant se perdre dans des pensées désagréables qu'il ne voulait plus partager. Quand il recommença à parler, sa voix s'était voilée.

« Moi, je ne crois pas à leur religion. Je crois qu'ils se déguisent d'idées fixes. Je suis vieux, j'ai l'impression qu'il y a d'autres manières de s'entraîner à mourir, comme celle de vivre sa vie sans se chercher de béquille. En n'ajoutant rien d'autre que les vingt mille jours de sa vie jusqu'à 50 ans, on crée aussi sa religion qui vaut bien celle qu'on vit le front à terre. Il est difficile de se perdre après tant d'entraînement. »

On entendit une sirène monter par à-coups d'un bâtiment proche et, après une pause le temps que s'éteigne cet appel, l'oncle d'Ibrahim reprit son récit.

« Ton père, qui conduisait, alluma les phares. On vit à une centaine de mètres les quelques moutons rassemblés autour du berger, front baissé dans sa prière. Ton père monta sur la ridelle du camion et, ouvrant le coffre en bois, se saisit d'une pioche. Continuant de fouiller parmi les outils, il écarta une hache au manche court et me tendit une serpe neuve sur laquelle se reflétaient la lune et la lumière mourante des étoiles. Le chien, qui sentait un danger, s'approcha de nous en aboyant. Arrivé à quelques mètres de ton père, il découvrit les crocs, retroussant ses babines dans un grognement continu. Ton père en fut comme galvanisé et s'avança vers l'animal. Quand celui-ci prit son recul pour jaillir, il frappa son crâne de la tête de la pioche. La bête s'étrangla dans un sanglot ressemblant à celui d'un enfant. La confusion dans laquelle le chien se trouvait suffit à ton père pour lever à nouveau les bras et lui percer le ventre de sa pointe.

Le berger, témoin de la lutte, s'était relevé ; nous vîmes à cent pas la peur qui l'avait saisi. Je courus vers lui et le rattrapai vite. Il se tourna quand le souffle vint à lui manquer, ses pieds se lièrent dans les pans de son vêtement, le faisant chuter. À terre, il appela Dieu par les mêmes textes qu'il invoquait pour tuer. Quand j'abattis la serpe sur son cou, il leva les mains pour esquiver ; je frappai à nouveau, son sang jaillit en une éclaboussure épaisse dans le jour qui se levait.

Nous sommes restés immobiles, ton père près du cadavre du chien, moi près de celui de son maître, entourés des moutons désœuvrés qui commençaient à s'égailler. Au bout d'un siècle, je me suis levé et, pris d'une nausée terrible, j'ai vomi une bile claire sur les pierres rougies par le sang du berger. J'ai rejoint ton père et l'ai sorti de sa torpeur prostrée. Quand je l'aidai à se relever, la seule chose qu'il murmura fut que le chien n'avait pas de collier. Je lui répondis : "Comme tous les autres, ni collier ni maître. Maintenant, aide-moi." Nous avons roulé le corps du berger dans le contrebas de la pente et jeté celui du chien à la suite.

Revenant vers le village alors que le jour poignait, nous ne rencontrâmes personne, et nous arrêtâmes pour jeter la pioche et la serpe dans un ravin. Arrivés à la maison de notre mère, ton père et moi nous nettoyâmes à l'eau froide, évacuant le sang dans l'herbe sèche de la cour. Puis nous partîmes nous coucher, dormant sans faire de rêves jusqu'au soir. À peine levé, je vis que mes vêtements, encore tachés, me trahissaient. Je les mis dans un sac et pris une chemise et un pantalon qui avaient appartenu à mon père. Notre mère attendait dans la cuisine, elle nous servit un repas dans un silence différent de celui qui nous avait accueillis – on ne baigne jamais dans le même silence, n'est-ce pas ? Je lui annonçai que je viendrais la chercher dans trois jours pour les fêtes, qu'elle passerait à Tizi Ouzou, disparaissant pour un temps de la région. À la nuit noire, nous prîmes la route.

Nous conduisîmes chacun à tour de rôle, ton père et moi, jusqu'à Tizi Ouzou, parlant peu, tous deux éveillés dans ce zérac terrestre, nos regards écarquillés sur la route dont les phares jaunes éclairaient l'asphalte poussiéreux. Peu après notre départ du village, nous jetâmes le sac plein de nos vêtements souillés dans une décharge à ciel ouvert. À cette époque, les barrages routiers n'étaient pas encore suspects. La police et l'armée n'ayant pas perdu le contrôle des routes, on ne risquait pas de tomber sur des fanatiques. Cependant, il fallait passer ces barrages. Un principe veut que les sentinelles soient indifférentes aux petites heures du matin, ce fut le cas. Nous arrivâmes à Tizi Ouzou sans encombre, ton père continua vers Alger. Après un massacre, en Algérie, l'onde de choc prend la route.

Je suis persuadé que ton père et moi avons fait ce qu'il fallait. Ni lui ni moi n'avons pensé que nous pourrions nous adresser à la police ou à l'armée. Depuis l'indépendance, il n'y avait que le pouvoir et, en face, des gens affolés. En France, on parle de séparation des pouvoirs, façon de dire « Tu coupes, je choisis ». Ici c'était toujours les mêmes qui coupaient et si, par malheur, on était absent quand le partage avait lieu, on mourait de cette découpe.

Le pouvoir n'essayait plus de faire semblant. Quand des dirigeants français avaient suggéré d'adopter des procédures électorales plus transparentes, les généraux en place avaient répondu qu'ils n'avaient pas de leçon à prendre en termes de stratégie politique. Tu comprends, aucune règle n'était valable. Au moins cet aspect-là était clair, on voterait librement tant que ça ne dérangerait pas le maître du jour. Et chacune des parties, des militaires aux islamistes, était au fond d'accord pour sacrifier le processus démocratique, ouvrant le champ à ce que la force elle-même s'exprimât sans limites hors des urnes. Peut-être qu'en effet tout cela avait commencé au siècle dernier, lors de la colonisation armée, puisque même les intellectuels français d'alors pensaient que la guerre les autorisait à ravager le pays, « qu'on brûlât les moissons, qu'on vidât les silos et enfin qu'on s'emparât des hommes sans armes, des femmes et des enfants[2] ». Si tout se valait alors, tout se vaudrait à la fin.

---

2 Alexis de Tocqueville, *Travail sur l'Algérie*, 1841.

Dans les campagnes, on voyait dans l'islam une politique, après tout ils avaient gagné les élections contre un pouvoir corrompu. Comme si l'islam pouvait avoir un rapport avec le prix des œufs. D'ailleurs, si tu crois que lorsque les Français dégagèrent, le FLN était un parti sans dieu, tu te trompes. J'étais là et j'ai entendu, enfant, Ben Bella parler d'un parti islamique. Je sais comment la nationalité algérienne était alors liée à l'ascendance musulmane. Pourtant, crois-moi, malgré cette lâcheté de la part de chefs qui avaient eu par ailleurs le plus grand courage, les hommes libres et communs de l'époque essayèrent de retirer Dieu des livres de loi. Et on retrouva un trou béant de la forme du même dans les esprits et les rues quelque vingt-cinq ans plus tard. »

Il posa les yeux sur son neveu, et Ibrahim eut l'impression que son oncle attendait une réaction de sa part. Au moment où il allait intervenir, son oncle reprit d'une voix terne :

« On dit que les idées vieillissent aussi. Si elles vieillissent, elles le font moins vite que les hommes qui les ont, c'est bien le problème. Nous aurions dû renoncer à ce sacrifice. Ton père ne fut plus le même, à vrai dire. J'ai eu l'impression qu'il n'aspirait à plus rien d'autre qu'à une tranquillité d'où toute surprise serait absente. Il me semble que ton père avait renoncé d'un seul coup au risque. Il était quitte. »

L'oncle d'Ibrahim remettait les objets en place dans cette maison intime qu'il avait fermée des dizaines d'années auparavant. Il était là, assis sur sa chaise, son verre à la main, sur son toit d'où l'on voyait les toits d'autres maisons et, plus loin, les montagnes, qu'on devinait dans la nuit, et dans lesquelles les crimes avaient eu lieu, le sien, mais aussi tous ceux commis sur les hommes menés à l'abattoir dont on retrouvait les restes déchirés par les bêtes sauvages.

Quand Ibrahim prit la parole, son oncle répondit à ses questions avec lenteur. On ne s'inquiéta du berger qu'une semaine après qu'il eut disparu, puisqu'il était possible qu'un individu pareil disparaisse dans ses complots. Des villageois retrouvèrent son corps mutilé sur lequel les renards avaient laissé des traces de leur faim, il avait la tête presque détachée. Le chien gisait plus bas dans le même creux, les ronces du hallier l'avaient protégé de l'appétit des carnassiers, des oiseaux et des fauves. Comme nous étions encore dans les contreforts initiaux de la guerre civile, les complices du berger crurent à une vendetta dont le coupable aurait porté un nom connu. Les massacres indifférenciés seraient pour plus tard, commis par des « tueurs après les combats », quand les distinctions se seraient fondues dans la fournaise de l'islamisme.

Ils imaginèrent que la famille du chef de village supplicié s'était chargée du berger. Ils avaient tort. Mais cette famille avait bien en tête de se venger et avait engagé sa vendetta. Elle vint à sa mesure. Parmi les dix hommes qui avaient accompagné le berger, on retrouva les plus jeunes, à peine majeurs, égorgés dans une voiture qu'on avait poussée dans le vide. La police crut voir dans les deux affaires la même main criminelle. D'ici peu, l'armée monterait des expéditions punitives, et la police ferait de même. On enterrerait les victimes au rythme d'une épidémie de peste. Certains affirmèrent qu'il était impossible qu'il y eût autant de morts, certains draps devaient contenir des pierres. Ils pesaient la même chose. Va ! Si on enterrait des pierres, on le faisait en pleurant. On conclut sur le meurtre du berger – la bêtise régnait en Algérie, on concluait souvent.

La grand-mère d'Ibrahim vint s'installer à Tizi Ouzou et elle n'en bougea plus. Elle mourut quelques années plus tard, dans la chambre qu'occupait actuellement Ibrahim. Sa maison au village brûla dans la semaine, il ne resta plus rien de la famille d'Ibrahim, là-bas, à part la tombe de ses grands-parents. Le berger avait laissé des fils, qu'on vit rôder autour de la maison le jour de l'incendie. Ils disparurent ensuite dans les montagnes de Kabylie, à l'époque où l'on ne savait plus distinguer les chiens des loups.

10

Quand il s'allongea sur son lit ce soir-là, Ibrahim garda les yeux ouverts. Il eut l'impression d'être plongé dans le courant violent de l'Histoire. Une vague nausée retenait son attention et son inquiétude, son esprit s'arrêtait sur des images d'événements auxquels il n'avait jamais assisté et qui prenaient dans son esprit une allure formidable. Il imaginait une scène où son père avait son âge et où l'usage de la force prenait une tournure absurde. Avec lui, son père ne s'était jamais montré ni violent ni brusque. Il cherchait à deviner des signes dans le présent, des cicatrices à vrai dire, et ne voyait qu'un homme qui s'était épuisé à garder un secret. Il ressentit de l'admiration pour son père, le considéra comme un héros. Il n'avait pas tué, mais il s'était battu. En même temps qu'il se voyait perdu sur une mer houleuse, Ibrahim se sentit riche dans cette chambre où était morte sa grand-mère. Parce qu'il savait, il était fier d'une substance qu'on ne pourrait plus lui retirer. Il était riche des actes de son père et de ceux de son oncle, fussent-ils criminels.

Les semaines qui suivirent ressemblèrent à une convalescence ; Ibrahim pensait sans cesse à son père, appréhendant le moment de se retrouver face à lui. Le père d'Ibrahim avait pris dans les rêveries de l'adolescent des dimensions nouvelles qui rendaient accessoire tout ce qu'il connaissait déjà de lui. Ibrahim avait commis l'injustice de juger son père insuffisant et de ne pas avoir vu, derrière cette apparence, que tout ce qui comptait était caché. Il se sentait stupide de n'avoir rien décelé.

Il travaillait le jour aux côtés de son oncle et le soir il retrouvait ses cousins, arrivés de France. Leurs discussions tournaient autour du sport. Ils essayèrent de rencontrer certaines filles qui avaient aussi fait le voyage. Ils insistaient lourdement et ressemblaient à des points d'exclamation à la fin d'un mot d'amour qu'on aurait crié pour qu'il soit à la fois entendu et ignoré. Les filles fuyaient ces onomatopées adolescentes, inquiètes des assiduités des jeunes hommes. Djibril, toujours sur le point d'arriver, ne vint jamais, retenu en France pour ses affaires. Ibrahim l'eut une fois au téléphone, mais Djibril dut raccrocher quand une voix féminine se fit plus pressante. Ibrahim resta un temps le combiné dans la main, s'interrogeant sur ce que Djibril savait de son père et des événements qui s'étaient produits.

Il envisagea plusieurs fois de demander à son oncle ce qu'il avait dit à son fils, mais chaque fois l'obscénité de la question le retint. Il finit par penser que son oncle avait sans doute partagé ce secret avec Djibril quand il était devenu adulte. Il lui parut logique qu'un père explique à son fils qui est le gibier et quelle est la nature de la chasse. Cependant, dans cet enchaînement en apparence rationnel, Ibrahim butait sur une incohérence puisque son père, et non son oncle, aurait dû être le messager du secret. Il en conçut de nouvelles hypothèses quant aux blessures invisibles qui n'avaient pas cicatrisé chez son père, cachées sous le pansement de son mutisme. Maintenant qu'à sa manière il avait pris part au scandale, Ibrahim, assis dans la cabine du camion qui les ramenait, son oncle et lui, de l'appartement vidé de l'essentiel, douta qu'on soigne les mensonges par des arrachements. Il doutait en particulier que son père puisse, en discutant directement avec lui, se sentir tout à fait guéri, ç'aurait été comme de vouloir qu'il existe des mensonges sans menteurs.

L'été suivit son cours lentement, Ibrahim s'efforça de se divertir avec ses autres cousins, plus éloignés. Ils jouèrent au foot dans le crépuscule, sur la rotonde crayeuse du cimetière chrétien où personne ne venait plus. À la fin de l'été, il embrassa son oncle et monta dans l'avion qui le ramenait en France. Il était assis à côté d'un adolescent habillé de marques à la mode et dont les parents travaillaient dans le secteur gazier en Algérie. Ce garçon de son âge était pensionnaire en France dans un établissement où étudiaient les enfants de diplomates des pays instables. La sécheresse de la cabine irritait la gorge d'Ibrahim et lui évoquait l'aridité du paysage où son père et son oncle avaient tué le berger. Il voulut avouer à son voisin que sa propre famille était une famille de meurtriers, alors que les parents de son voisin, la grande famille de ceux qui avaient le pouvoir en Algérie, n'avaient pas su les protéger. Il renonça, se retourna vers le hublot et regarda la mer qu'on voyait s'étendre sans fin sous la carlingue.

11

Rien n'avait changé à part lui. Il revint dans son lycée, ses amis étaient partis vers d'autres lieux éducationnels, orientés et victimes consentantes de la cause pédagogique. Certains étaient passés dans la classe supérieure, emportant des lacunes irrémédiables qui les placeraient en quelques mois, quelques années au plus, sous la toise d'un échec définitif. Il vécut un peu ce que connaissent les professeurs qui sont les seuls à vieillir dans un environnement de jouvence, où les têtes changent, mais l'âge des élèves reste identique : il avait lui aussi vieilli d'un an, et c'était le seul dans son cas. Il fut protégé pour un temps de la lâcheté d'un système souhaitant excréter au plus vite ces enfants devenus hommes sur le marché du travail, lui-même devenu en quelques décennies une citadelle de savoirs et de faveurs.

Par la force des choses, Ibrahim avait l'impression de n'être pas à sa place, entouré d'élèves pris dans le même courant, qui le considéraient comme un témoin peu fiable ayant déjà vécu ce qu'ils vivaient, mais auprès de qui on ne pourrait rien apprendre puisqu'il avait, de façon évidente, échoué. Il fit ce que font ceux qui s'imaginent enfermés dans un rôle, il renoua avec quelques-uns de ses anciens camarades, mais surtout il trouva quelques élèves de son âge et en rupture de ban qui devinrent, au café, ses camarades « d'usage ». Pendant les périodes de jachère, il retournait voir Mouss et retrouvait son ancien travail qui sentait le shit. Quand on décrit l'échec, il s'agit de commencer par l'odeur de négligence qu'elle dégage.

Cependant, Ibrahim ne pouvait éviter d'en savoir plus que ses camarades, il ne pouvait éviter que ce savoir ne le plonge dans un soudain état d'inquiétude. En classe de sciences, il connaissait les réponses et se trouvait tiraillé. Il y eut ce jour où, en cours de biologie, les rideaux fermés, on projeta un court film qui montrait au ralenti une série d'animaux en pleine course, et s'achevait sur une antilope s'échappant de l'emprise d'une lionne. L'instant d'après, la lumière se fit et, face aux regards qui s'acclimataient au jour, le brouhaha des élèves qui riaient dans le noir s'éteignit peu à peu. Le professeur posa la question faisant l'objet du cours : comment apprécier l'adaptation d'un animal à la course ? Sans avoir besoin de réfléchir plus, sans avoir entendu cette réponse l'année précédente, Ibrahim savait que plus le rapport entre la surface de contact au sol et le poids de l'animal était faible, plus l'animal était adapté à la course. Il parla donc, et on valida sa réponse. Ce fut pour lui une nouvelle noblesse, sans que l'on sût si ce récent savoir venait d'une répétition passée.

Au printemps, ce même professeur avait aussi pris l'initiative d'emmener ses élèves dans une forêt domaniale du sud de la ville pour observer *in situ* la flore qu'ils étudiaient en classe. Ibrahim avait aimé ce trajet en car où la hiérarchie invisible de la salle de classe n'était plus la même. Un flottement s'était installé dans la distribution des rôles. Ibrahim se sentait plus à sa place dehors.

L'enseignant marchait sur la très large allée forestière, entouré d'une trentaine d'élèves, filles et garçons, et de deux accompagnateurs, surveillants du lycée. Au cours de cette sortie, Ibrahim resta d'abord en retrait, discutant avec un de ses camarades dont il avait découvert la nonchalance après qu'il se fut assis comme lui par habitude à la place des mauvais garçons. Puis il avait entendu nommer les arbres qui l'entouraient, le nom des plantes qui poussaient à leur pied, ce qui lui rappela le métier de son père. Il repensa ainsi à ces moments qui semblaient dissonants avec la personne que son père était devenu, et avec celle que lui-même était devenu : il reconnaissait certains noms qu'il avait vus écrits à la plume, enfant, sous les tiges et les feuilles séchées d'un herbier. Son père nommait cette flore, et lui était assis sur ses genoux, le livre dans les mains. Il lui avait dit, Ibrahim s'en souvenait, que le plus dur était de continuer à voir les plantes comme elles sont dans la nature, une fois qu'elles étaient classées et sèches dans un livre. Mais quand donc une chose pareille pouvait-elle s'être produite sans qu'elle paraisse incongrue ? Quel instant de complicité douce reliait le ciste cotonneux à celui de Montpellier, dit aussi Herbe à bitume, non pas du fait qu'il y poussât mais du fait qu'il sentait le goudron quand on le frottait dans sa paume ? Rien ne lui permettait de remonter le fil jusqu'à cette image qui lui revenait, malgré le nom différent des plantes qui poussaient ici sous un climat moins clément, évoquant des bruyères, des fougères et des asphodèles, plutôt que les garrigues, les oliviers, et toute la flore de Provence qu'avait connue son père avant de migrer vers le nord. Dans ce nouveau pays, le père avait eu un fils, qui marchait aujourd'hui dans cette forêt en pensant à un passé qu'il avait enfoui dans son esprit comme une graine promise à germer.

Ibrahim aurait voulu rester perdu dans cette rêverie, mais la voix de l'enseignant donnait des indications précises, comme s'il s'adressait à lui seul avec les mêmes mots qu'avait employés son père quand il était assis sur ses genoux. Il était fasciné et, marchant alors aux côtés du professeur, il laissa son camarade bavarder avec d'autres élèves inattentifs. Puis ils arrivèrent dans une clairière, où il fut décidé de faire une pause. Certains s'assirent dans l'herbe par petits groupes d'affinités, d'autres s'adossèrent à des arbres et s'appelèrent de loin comme par jeu, l'espace donnant une couleur plus profonde à leurs voix.

Ibrahim resta avec deux autres élèves près du professeur, qui parlait maintenant des fougères. Il leur rappela qu'elles n'avaient pas évolué depuis les âges ancestraux, qu'elles ne changeaient pas et qu'elles seraient sans doute identiques lorsque les hommes auraient disparu de la surface de la Terre. Ibrahim leva la tête et aperçut deux filles de sa classe qui fumaient en cachette, hors de la clairière. L'une semblait confier à l'oreille de l'autre un secret de faune. Celle qui écoutait sourit et posa son index en croix sur sa bouche à l'intention d'Ibrahim, qui la regardait, lui intimant de ne pas les dénoncer. Un idiot cria à tue-tête d'un côté de la clairière, les faisant sursauter et tourner leurs visages surpris vers le bruit. Les surveillants déclarèrent la fin de la pause. Ibrahim se demanda où ce moment serait classé si la vie devait être compartimentée.

Malgré ces instants de grâce, avec ses espoirs mal définis et lointains, le monde des études, celui de sa mère, pensait-il, continuait de faire pâle figure. Son redoublement lui avait paru absurde et, combiné à ses capacités, avait rendu facile la compréhension de sujets qui lui paraissaient abscons l'année précédente. Même en faisant peu d'efforts, il montrait des dispositions dans les matières scientifiques. La satisfaction intellectuelle qu'il ressentait durait peu. Il traitait les sujets pour s'en débarrasser et démontrer qu'il n'était finalement pas à sa place. Se mêlaient dans le cœur d'Ibrahim à la fois l'excellence, qui essayait d'entrer par effraction, et la médiocrité, assise en petit propriétaire.

Ibrahim naviguait à vue entre deux mondes, l'un qui commençait à peine à exister, où se trouvait la satisfaction de comprendre, et l'autre, en apparence opposé, où régnait la satisfaction d'agir. L'univers de Mouss, celui de la superbe, lui donnait une impression de liberté assise sur une violence suggérée. Il lui paraissait receler des odyssées – Ibrahim était fasciné par les aventures qu'il imaginait héroïques et guerrières. Peu importait qu'on aille d'abord faire la guerre pour ensuite rentrer chez soi vivre le reste de sa vie à vendre du shit au bas des barres, il était attiré, malgré le risque de naufrage, par les harmonies dangereuses qu'il entendait dans la voix de ses commanditaires. Il ne voyait pas en quoi le monde de Mouss était court, défini par ses avantages immédiats. Derrière l'apparente opulence, la concentration des richesses agissait partout de la même manière, et notamment dans le marché de la drogue. Les petites mains, Ibrahim et les autres, recevaient des salaires comparables au SMIC.

Les dealers de rue habitaient chez leurs parents. Mouss avait compris qu'il fallait entretenir une certaine mystique afin de maintenir le petit personnel dans cette condition politique, disons, pour simplifier, de « prolétaire ». Faisant d'une pierre trois coups, il organisait des exhibitions d'armes, emmenant un par un ses loufiats dans une des caves de la cité pour leur montrer son arsenal. Mouss rappelait ainsi que la calme chorégraphie, à l'air libre, des clients reposait sur une menace souterraine, qui, pour quelques années, resterait encore à l'état de promesse en France – mais tout vient, tout arrive.

Mouss jouait par ailleurs sur la solennité qui consistait à organiser cette exhibition auprès d'une seule personne à la fois, comme si de montrer des armes – sa bite, disons-le clairement – constituait un honneur dont le récipiendaire devrait se rendre digne. Enfin, il savait combien certaines choses impressionnaient par leur simple présence, un tas compact de liasses de billets contenues dans un sac qu'on a du mal à tenir à bout de bras, un pain de résine dont on estime à l'œil le poids en centaines de barrettes, une arme automatique dont on entend l'engagement de la première cartouche dans la chambre. Ibrahim avait eu droit à son initiation peu après son retour d'Algérie. Dans l'exiguïté de la cave éclairée d'une ampoule nue où Mouss était descendu avec lui, il avait tenu dans ses mains un Uzi Gal pliable encore luisant de ses huiles de transport et acheté par Mouss à des revendeurs croates, qui l'avaient eux-mêmes récupéré en Jordanie. Mouss avait justifié cet investissement en argumentant que les kalachnikovs étaient de moins bonne qualité, et donc qu'elles n'allaient pas avec le standing de l'entreprise qu'il entendait faire tourner.

Les 3,5 kg du fusil avaient semblé à Ibrahim lourds et définitifs. Quand il avait rendu l'arme à Mouss et que ce dernier l'avait pointée vers lui, puis avait fait jouer à vide la gâchette, Ibrahim avait sursauté, faisant naître un sourire sur le visage de son tourmenteur. Quelques années plus tard, un jeune Français d'origine algérienne utiliserait une arme identique, réputée très maniable, ainsi qu'un colt 45 pour assassiner froidement des militaires de Toulouse et de Montauban, un enseignant ainsi que trois enfants juifs de l'école Ozar Hatorah.

À la fin de l'année, Ibrahim fut accepté sans fanfare en première scientifique et, rentrant de son lycée avec la nouvelle, il eut envie de passer tout son temps avec Djibril, Mouss et les autres, à qui il se sentait lié. Un soir, il marcha longtemps, troublé, et, quand il arriva dans son quartier, le crépuscule noircissait les rues qui connaissaient la douceur du jour. Sur le trottoir opposé, un bar organisait un karaoké tous les vendredis soir. Assises à une table, quatre femmes riaient devant des verres de vin blanc. Parmi elles, il reconnut sa mère, de dos. Il s'arrêta, recula dans la pénombre de l'immeuble d'en face et debout, sans bouger, se mit à l'affût d'un instant qui ne pouvait appartenir ni au passé ni à l'avenir.

12

Elle était joyeuse, voilà ce qui sautait aux yeux, et s'était apprêtée, portant une veste cintrée qu'arboraient les femmes voulant dissimuler une silhouette légèrement empâtée. Elle avait coiffé ses cheveux noirs en arrière et les avait laissés libres. Ils n'étaient pas teints ; de là où se tenait Ibrahim, on ne pouvait distinguer ceux qu'elle avait laissés blancs, qu'elle arrachait certains soirs quand elle s'asseyait dans sa chambre, face à son miroir. Elle avait vraisemblablement d'abord commandé une eau gazeuse, puis, entraînée par la légèreté du moment, elle avait comme ses amies commandé un cocktail plus festif. Le serveur leur avait fait la conversation, espérant peut-être lui aussi être moins seul, ou du moins avoir quelque chose à dire, au moment de la fermeture, sur le ton de la plaisanterie, à son patron qui rinçait les shakers derrière son comptoir.

Ibrahim la vit se lever et marcher vers le micro qui faisait face à un écran où commençaient à s'afficher les images d'un couple qui, vraisemblablement, s'aimait depuis une dizaine de secondes et allait s'aimer encore pour les minutes qui suivraient. L'image changea pour un coucher de soleil et une plage en contre-jour, où la femme marchait seule. En bas de l'écran s'afficha une phrase qu'il lui était impossible de lire, mais qui prenait la couleur jaune de gauche à droite à mesure du tempo de la chanson. Sa mère commença à chanter. Il ne voyait rien d'elle, sinon qu'elle était cambrée, la tête légèrement en arrière. Puis elle se tourna vers ses amies et leur fit signe de la rejoindre. Elle riait de son ridicule, elle devait rire de sa voix, peut-être. Elle n'avait pas honte, elle battait la mesure, elle savourait l'instant.

Elle leva plus haut la tête vers le plafond; il comprit depuis sa pénombre qu'elle avait pris le risque de chanter d'une voix affirmée, qu'il n'avait sans doute jamais entendue sur le ton de la mélodie. Il fut pris de l'envie d'entrer dans le café, de s'asseoir lui aussi, mais il appréciait sa position de spectateur, presque lié à la porte en bois à laquelle il s'était adossé. Il craignit de s'avouer qu'il aimait ce qu'il voyait, il ne faisait pas confiance à sa mère pour rester dans les limites de l'acceptable. Il ressentit cette gêne que tous les enfants ressentent face à une démonstration artistique de leurs parents. Il reconnut, sans l'entendre, la voix de sa mère, simplement dans sa posture. Il sut à quel point la joie de sa mère pouvait le dépasser, il en était une partie, mais une partie seulement.

Les deux visages amoureux à l'écran se rapprochaient maintenant pour échanger un baiser ; la plage avait disparu, mais il était clair qu'elle restait la scène sur laquelle se déroulait la romance, les filtres optiques diffractaient le soleil en figures géométriques qui évoquaient des cristaux. Il vit sa mère se sentir timide et belle, puis belle et insouciante, et l'une des femmes assises à la table se leva aussi, vint chanter auprès d'elle, ce qui fit naître une sorte d'effervescence aux tables voisines. Il comprit qu'aucune des femmes qui entouraient sa mère, ni sa mère elle-même, n'avait renoncé à séduire, à être de celles qu'on regarde et qui chantent ; quoi qu'elles aient fait de leur vie, quoi que leurs maris aient fait d'eux-mêmes, et quoi que leurs enfants aient fait de leur existence. Des applaudissements vinrent couvrir la voix de sa mère, le rire de sa mère, et le fait qu'elle l'appelait d'une voix impérieuse depuis qu'il était né.

Sa mère laissa sa place à un homme aux cheveux gris, qui avait en tête de montrer lui aussi ce qu'il savait faire, et qui sembla vouloir l'embrasser, mais se ravisa avant de se saisir du micro dans une familiarité rendue possible par la vulnérabilité du chant en public. Ibrahim sortit de l'ombre qui l'avait entièrement enveloppé et, restant sur le trottoir opposé, il reprit sa marche avec au cœur un sentiment de honte qu'il ne pouvait expliquer. Il entra sans bruit chez lui, précaution inutile, mais qui lui semblait nécessaire.

Il vit qu'un repas l'attendait sur la table, prêt à être réchauffé. À la place, il prit un morceau de pain et un verre de soda rouge comme le vin. Puis il alla dans sa chambre, referma la porte et, après s'être déshabillé, il se coucha et resta ainsi dans son lit.

Quand sa mère rentra, environ deux heures plus tard, elle vint vérifier s'il était dans sa chambre. Elle ouvrit la porte avec des précautions de voleuse. Son parfum mêlé à une odeur plus lourde de tabac s'infiltra dans la pièce. Ibrahim fit semblant de dormir, sa mère ferma la porte en fredonnant un air entraînant d'une voix détimbrée. À sa grande surprise, elle avait conservé le papier sur lequel l'homme qui l'avait suivie au micro avait écrit son nom et son numéro de téléphone. Elle n'imaginait pas l'appeler, mais elle ne souhaitait pas non plus jeter ce papier. Sa réticence venait à parts égales d'une paresse comme on en a parfois en matière de cœur, et de la crainte de ruiner le travail qu'elle avait entrepris. Cet homme lui avait plu, elle n'en ferait rien pour l'heure. Elle ressentit une tristesse vive, de celle que l'on ressent lorsque l'on gâche son bonheur possible par des actions irrésolues. Elle pensait à ces choses quand Ibrahim s'endormit. Dans son rêve, il vit le rivage qui servait de scène à la ritournelle que chantait sa mère, et se vit marcher vers elle, le soleil dans les yeux.

Il devait être 2 heures du matin quand Ibrahim se réveilla, l'esprit sans doute agité par un surplus d'événements. Il resta un temps sur son lit, les yeux ouverts, puis se leva pour aller aux toilettes, sans conviction, pour ainsi dire. Sa mère était encore assise à la table de la cuisine, où elle fumait dans une posture luxurieuse, le menton posé sur la main, les yeux mi-clos, regardant son fils comme elle aurait séduit un amant. La fumée semblait venir d'un encensoir invisible, Ibrahim eut l'impression de pénétrer un lieu sacré au point qu'il baissa un instant la tête, s'inquiétant de fouler le sol de ses pieds nus. Que diriez-vous s'il s'asseyait maintenant en face d'elle ? Il vit son regard qui le brûlait. Elle parla la première :

« Ibrahim ? l'appela-t-elle.

— C'est moi, lui répondit-il d'une voix qu'il voulait encore ensommeillée.

— Tu n'arrives pas à dormir ?

— Non, j'ai appris des choses sur mon père, tu sais.

— Des choses anciennes, des choses qui ne servent à personne. Nous avons tous des secrets, n'est-ce pas ?

— Non, des choses que j'aurais préféré connaître de vous, de lui, de toi.

— Tu voulais que tes parents te jettent dans ce feu de broussailles ?

— Je n'y aurais pas brûlé.

— Ça, tu n'en sais rien. Tout le monde brûle.

— Ce n'était pas à toi de prendre cette décision.

— À qui alors ?

— À moi !

— À quel âge l'aurais-tu donc prise ? Et puis c'est à cela que servent les parents, à prendre des décisions que leurs enfants pourront leur reprocher. On vous laisse le temps de faire des conneries.

— N'importe quoi. Et puis, est-ce que les affaires de mon père en Algérie ont à voir avec votre divorce ? »

À cette question, la mère d'Ibrahim resta interdite un instant.

« J'ai eu peur de me retrouver dans une nouvelle impasse. J'ai manqué de courage.

— Je ne comprends rien à ce que tu dis. Une nouvelle impasse ?

— C'est difficile à comprendre, je ne vois d'ailleurs pas pourquoi cela devrait être facile. J'ai commis une erreur, tu feras les tiennes.

— C'est pratique, tu dis "J'ai commis une erreur" et tu passes à la suite.

— Qu'est-ce que tu proposes ? Une fois l'erreur faite, de se lamenter ?

— Je ne sais pas, de la réparer. Tu te rends compte des dégâts ?

— Non, je ne m'en suis pas rendu compte. On fait des choses stupides par peur.

— Vous auriez dû tout me dire, vous auriez dû rester ensemble ! Qu'est-ce que vous avez fait à part me mentir ?

— Allons, ne t'énerve pas. Ne suis-je pas celle qui t'a nourri ? Ne suis-je pas celle qui t'a appris à lire et à compter ? Réconforté quand tu étais fiévreux ? Maintenant, va te coucher, on en reparlera demain. »

Quelques mois auparavant, Ibrahim aurait conclu cette conversation par une insulte ou un geste de colère, mais pas ce soir-là. Ce soir-là, il se leva comme sa mère le lui avait ordonné. Une fois dans sa chambre, il contempla le noir une dizaine de minutes, puis trouva le sommeil.

13

Ibrahim avait retardé le moment de voir son père. Cependant, il ne pouvait cesser de voir son cousin Djibril, chez qui il passait ses heures perdues. À son retour d'Algérie, il avait abordé le sujet, suggérant à Djibril que son père était un « patron », un dur comme dans les films, sous ses airs rangés. Djibril avait regardé Ibrahim et lui avait demandé ce qu'il savait. Ibrahim était d'abord resté vague, lui disant que les années de guerre civile au bled avaient mis son père et celui de Djibril dans des situations de « bonshommes ». Ils avaient montré qu'il fallait les respecter.

S'échauffant à mesure qu'il imaginait les scènes, il entra dans les détails et invita Djibril à participer au monde qu'il mettait en place. Il enjoliva l'histoire de choses que son oncle n'avait pas dites : le berger suppliait le pardon avant de mourir, le chien montrait les crocs et réussissait à mordre son père avant d'être abattu.

Après une dizaine de minutes, Djibril se leva de sa chaise, prit Ibrahim par le revers de sa chemise, le regarda fixement et lui intima de la fermer sur-le-champ. Il insista sur le fait que moins on en parlerait, moins on aurait d'emmerdes. Revenir sur ces sujets vingt ans après, pour reprendre les mots d'un sportif qu'il avait entendu à la radio, cela ressemblait à danser un slow avec sa sœur : ça ne servait à rien. Par son occupation, il connaissait l'intérêt de ne pas se vanter, et puis les religieux commençaient à montrer une tête plus visible dans le quartier, ils devaient bien avoir quelques liens avec le pays, qui sortait à peine de la guerre civile. On n'était jamais vraiment débarrassé de Dieu, ou plutôt de ceux qui y croyaient assez pour te demander de te prosterner, toujours dans le sens de leur intérêt.

S'il y avait une chose que Djibril ne voulait pas faire, c'était abandonner l'autonomie qu'il s'était construite dans l'ombre du trafic des autres. Il ne devait rien à personne et ne voulait pas non plus contracter de dettes d'un autre ordre, qui le forceraient à se cacher. La seule dette à laquelle il avait consenti était celle de devoir gagner sa vie. Et encore, même là, il n'avait pas eu le choix. Les autres débiteurs pouvaient aller se faire voir, il était libre et le resterait tant qu'il pourrait conduire son camion et mener ses affaires.

Djibril avait assez d'expérience pour savoir que tout était possible dès qu'on mettait en route les mécanismes de l'honneur ou de la vengeance, ce qui est au fond la même chose. Et si ces mécanismes se mettaient en branle, Djibril sentait bien qu'il serait déçu du résultat, car il perdrait à coup sûr quelque chose en échange de biens inutiles. La liberté qu'il avait obtenue tenait dans sa capacité, sans qu'on lui dise le contenu des caisses qu'il transportait, à connaître les intentions de ceux qui le mandataient, et pour autant de ne jamais ouvrir ces caisses, de ne jamais rien répondre à leurs mensonges. Parfois, il valait mieux être intelligent qu'avoir raison. Non, vraiment, les parents avaient fait ce qu'il fallait : l'Algérie était derrière nous. Il suffisait de constater que les darons savaient aussi mettre des gifles et défendre leur famille quand elle était menacée. Ils restèrent un instant à se regarder dans les yeux après la tirade de Djibril. Ibrahim mit fin au malaise en lançant un « C'est bon, là » qu'il ne pensait pas. Quoi qu'en dise Djibril, il semblait à Ibrahim qu'il était nécessaire de se mesurer à son père suivant les nouvelles dimensions qu'il lui avait découvertes.

Pressé de changer de sujet, Djibril s'était levé en disant : « J'ai un truc à te montrer. » Son cousin habitait seul dans un appartement qu'il louait grâce à sa tante, qui lui avait permis d'accéder à un logement social. Il en finançait la totalité avec son travail logistique, qu'il mettait à disposition des trafics plus ou moins légaux de son entourage. Parfois, il se faisait payer en nature, et apparaissaient alors sous les yeux d'Ibrahim des objets improbables : un ordinateur, chose rare, dans une boîte neuve, un vélo au cadre en aluminium dont il faudrait trouver ailleurs les pédales, des magnétoscopes qui chaque année se perfectionnaient, puis des lecteurs de vidéodisques permettant de voir certains films qui, eux aussi, trouvaient leur chemin en tombant des camions.

Ce que voulait lui montrer Djibril, c'étaient une machine et un jeu qui permettaient que des gens qui ne se connaissaient pas se retrouvent dans des labyrinthes peuplés de créatures monstrueuses, agissant de concert, combattant avec les armes qu'ils trouvaient sur leur route. Curieux, Djibril avait ouvert le capot de chaque machine, il avait pointé le doigt sur la bakélite verte, les rectangles noirs, expliquant à Ibrahim que ces circuits étaient la source de la magie qui se déployait à l'écran. Le jeu permettait de s'allier et de parcourir les allées sombres de bases militaires infestées d'ennemis. La bande-son était sommaire et, après quelques heures de jeu, elle était inoubliable, Ibrahim la fredonnait sous la douche sans y penser.

Le jeu autorisait aussi la trahison, certains joueurs se retournaient contre leurs anciens alliés, engrangeant des points qui les rendaient, à chaque tour, plus inattaquables. Une éthique avait fini par émerger de cette population de joueurs, qui formèrent à leur façon de nouveaux gangs. Les joueurs les plus actifs en arrivaient à choisir leur camp et constituer des alliances, répétant le cycle des trahisons à un niveau supérieur. Ce jeu était addictif et devait engendrer, selon ses créateurs, un problème majeur de productivité pour les entreprises, qui ne pouvaient en arrêter la prolifération sur leurs serveurs, puis qui, l'ayant banni, voyaient leurs employés lui consacrer leurs pauses et rogner sur leurs heures pour retrouver la communauté de combattants à laquelle ils appartenaient.

Le développement des réseaux avait conduit qui le souhaitait à se rapprocher et surtout à se rapprocher de ceux qui auraient les mêmes envies au même moment, sans considération pour les rythmes de veille et de sommeil. Avant même cela, les jeux ne permettaient qu'un déplacement en deux dimensions sur une page et, sur les ordinateurs, au contraire des consoles, un déplacement saccadé où les tableaux changeaient à la manière des pages qu'on tourne. Or, un petit groupe de développeurs anglais et américains avaient résolu le déplacement continu des plans d'une part et, d'autre part, introduit la profondeur dans les écrans.

Ibrahim restait des heures à jouer avec son cousin, il s'enthousiasmait de ces miracles dont il devenait un usager obsessionnel, car Djibril parcourait des mondes nouveaux à travers la machine, nouait des amitiés de circonstance qui n'avaient pas d'équivalent dans le monde réel. Ibrahim se distrayait comme tout le monde des massacres répétitifs, mais il découvrit aussi dans ces labyrinthes le mystère du talent et la force des compétences acquises.

L'instabilité de la technologie naissante rendait nécessaire l'intervention humaine pour maintenir les connexions. Son expertise dépassant celle de son cousin, Ibrahim avait fini par devenir un spécialiste en matière de calibrage du réseau permettant le jeu en commun. *In fine*, il prit plus de plaisir à la résolution des problèmes qu'au jeu lui-même. Il n'avait aucune idée de l'algorithme adéquat pour sortir du labyrinthe ni sur ce qu'était son rôle exact en l'absence de monstres, il savait uniquement que le labyrinthe existait et qu'il y était entré.

14

Depuis qu'il avait emménagé, après son divorce, dans cette partie devenue cossue de la ville, le père d'Ibrahim aimait s'installer à son balcon pour fumer tout en regardant la rue. À ses pieds reposait un cendrier de cristal dépoli en forme de livre ouvert, sur lequel on avait stylisé une dizaine de lignes vagues.

Une fois sa cigarette terminée, il rangea le cendrier sur la commode du salon après l'avoir vidé de ses cendres et rincé dans l'évier. Le quartier était calme, il avait lentement pris de la valeur, à la fois à l'achat et à la location, grâce à la proximité des écoles. Le père d'Ibrahim n'avait pas acquis son logement, son statut administratif lui avait permis de postuler pour une habitation au loyer bonifié.

Il avait bénéficié de l'Éducation nationale en Algérie, qui avait eu la prétention de ne pas faire de distinction, du moins en apparence, entre les enfants de cette république sans bords. Il avait aimé ces longues années où, élève sérieux, il avait suivi les enseignements du maître. Il avait gardé de ce temps un appétit de comprendre ainsi qu'un amour des plantes, qu'il avait contracté le jour où on lui avait montré un herbier. Il fut fasciné par le nom des plantes qui l'entouraient et qui portaient, outre leurs noms arabes, des noms français, mais surtout latins.

Quand il eut fini l'école élémentaire, il commença à travailler avec son père dans une exploitation agricole des environs. Ce ne fut qu'à 16 ans qu'il trouva le courage de s'opposer à lui. Il fit toutes les saisons de récolte de sa région, des vendanges, mais aussi des pois chiches, de l'orge et du blé. Quand il eut 18 ans, il annonça à ses parents qu'il partait vivre à Alger. En descendant du train, il dormit quelques nuits dans la rue, craignant d'être ramassé avant même d'avoir démontré quoi que ce soit.

Au bout d'une semaine, il entra au service d'un pépiniériste. Ce travail lui convint. Il resta manœuvre pendant trois ans, puis on lui confia la gestion de certains achats et livraisons. Il eut ensuite la charge d'une équipe et fit bientôt partie des meubles de cette entreprise qui avait grossi à mesure de l'appétit de la classe aisée pour les villas luxueuses.

Ne souhaitant pas s'établir en Algérie, ou plutôt ayant l'idée de ne pas être forcé de le faire, il garda ouvertes ses options sentimentales. Le pays se renfermait sur des idées qui conduisaient les jeunes femmes à ne plus vivre comme avaient vécu leurs mères. Il connut certaines femmes naviguant à la limite de la prostitution, se plut avant tout dans la camaraderie de ses collègues, qu'il pouvait contrôler. Il jouait de sa prestance naturelle, soutenue par un corps noueux et souple. On le surnommait « le roseau ».

Le jour où son frère l'appela au travail, une des secrétaires vint le chercher alors qu'il arrangeait des cyprès. Il fut surpris de l'irruption d'une femme dans son univers. Au téléphone, il fut bref et promit de rappeler le soir, ce qu'il fit. La semaine suivante, il emprunta, sans le dire, le fourgon de son entreprise et prit la route pour le village de sa mère. Quand il revint, on le trouva durci et, dès lors, on l'appela par son prénom.

Lorsque les troubles atteignirent leur apogée, il habitait toujours près d'Alger, il travaillait chez un pépiniériste qui avait, surtout par corruption, obtenu de nombreux contrats avec les familles les plus influentes de la ville. Celles-ci avaient besoin d'hommes de confiance qui sauraient trouver les essences les plus rares, les maintenir et, accessoirement, n'égorger personne.

En général, les gens de bien ne remarquaient pas les jardiniers sur leurs terres, ils leur disaient bonjour d'un signe de tête comme pour s'en débarrasser. Les ouvriers semblaient faire partie du paysage, certains furent donc surpris de voir ces éléments du décor prendre part à de violentes manifestations religieuses. Le patron de l'entreprise où le père d'Ibrahim travaillait avait rapidement vu l'opportunité de proposer un service sécurisé. Il avait embauché, pour un travail de surveillance de ses propres employés, quelques anciens policiers qu'il payait à ne rien faire d'autre que de participer aux travaux, une arme dans leur veste, l'œil fixé sur l'équipe qui terrassait, taillait et plantait. Au bout d'un temps très court, le mot était passé : si l'on voulait à la fois un jardin bien tenu et rester en vie, le père d'Ibrahim ferait l'affaire.

Il allait ainsi sous protection de la police dans son camion, une protection qui n'hésiterait pas à le descendre s'il s'avisait de se conduire de façon suspecte. Son escorte n'aurait pas non plus de scrupules à l'enterrer dans le jardin, dans un trou qu'il aurait peut-être lui-même creusé. Un soir, en rentrant d'un des faubourgs riches de la ville, son escorte lui avait fait un commentaire qui l'avait empêché de trouver le sommeil. Elle lui avait dit que les rebelles de la région de Tizi Ouzou avaient été durement frappés par l'armée, qui conduisait sans cesse des opérations de plus en plus sanglantes. Leur chef avait par conséquent réagi en rappelant le souvenir des anciens martyrs à son secours, ressuscitant les mythologies qui permettaient à un groupe armé de continuer un combat lorsque ses pertes s'avéraient considérables.

Le berger était ainsi devenu une des icônes du mouvement. Pour cet homme minuscule, une génération de combattants se levèrent, raffermis dans leur indignation. Le père d'Ibrahim appela son frère et sa mère le soir même et leur demanda de faire leurs bagages au plus vite.

« Mais pour aller où ? répondirent-ils.

— La France est une option, insista le père d'Ibrahim.

— Ils ne veulent pas plus de nous là-bas qu'ici, répliqua son frère.

— Ici, tu meurs », conclut le père d'Ibrahim. Puis il raccrocha.

Il laissa passer une semaine et, s'étant renseigné auprès d'un cousin qui habitait Montpellier, il acheta son ticket de ferry pour Marseille. Il fit la queue à l'ambassade de France à Alger, entouré de candidats à l'exil. L'époque était inquiète et suspicieuse, mais on pouvait encore bouger. Il obtint un titre de séjour qui lui permettait de rester quelques mois, au moins tant que les travaux agricoles qu'il venait exécuter en France se poursuivraient.

Il donna congé à son logeur, rangea les quelques affaires qu'il voulait conserver dans un sac. Il donna le reste à ses voisins, qui prirent le tout avec un air inquiet. Le lundi suivant, il embarquait sur *L'Algérois*, un ferry en partance pour Marseille. Dans la salle d'attente, les voyageurs étaient rassemblés avec, à leurs pieds, leurs bagages. Des télévisions fixées aux murs séparaient les fenêtres donnant sur la mer. Elles étaient posées sur de petites plateformes métalliques mangées par l'air marin, protégées par des boîtes en Plexiglas à la serrure récente, selon un dispositif similaire à celui que l'on trouve dans les hôpitaux et les prisons.

Chaque écran aux pixels moirés des années 1980 diffusait les mêmes images muettes du dernier massacre. On y voyait cinq cercueils de bois brut, des boîtes rectangulaires disposées en éventail, qui faisaient penser à l'empreinte d'une main ouverte. Chacune contenait un corps dont on avait, contrairement à l'habitude, par le geste obscène du chasseur montrant son gibier, dévoilé les visages, tous similaires, hirsutes et gris, comme si l'on enterrait cinq versions de la même personne.

Il se fichait maintenant de ce monde, il partait avec dans ses poches suffisamment de monnaie pour se rendre chez son cousin à Montpellier et, le cas échéant, rester une semaine dans un hôtel de l'une de ces chaînes qui commençaient à pulluler en France, dont la clientèle était principalement celle de représentants de commerce et de routiers.

Son cousin habitait une des banlieues sans intérêt de Montpellier, de celles où le crépuscule se couche sur des pavillons reliés par des ronds-points et dont les enseignes peuplant la zone commerciale feraient une à une l'objet d'un *leverage buy-out* en une rapide et impitoyable succession. Pendant les années d'aménagement de la laideur qui séparaient la France de l'an 2000, l'effet de levier justifierait qu'on développât les zones périurbaines sans leur accorder la moindre âme. On connaîtrait partout le même paysage équitable et spéculatif, on y serait partout étranger, quoique propriétaire.

Il resta chez son cousin pendant une semaine, le temps qu'il puisse se rendre sur la zone d'embauche des vendanges qui commençaient. Le contremaître apparut dans un utilitaire entièrement floqué aux armes de son entreprise viticole. Celle-ci n'avait apparemment pas d'autre prétention que de faire du « gros de qualité ». Le père d'Ibrahim n'eut aucun mal à se faire embaucher. Il lui suffisait de parler. La qualité de son français et son élocution faisaient répéter à son employeur, d'un ton moqueur, certains des mots techniques qu'il employait. Il partit avec une dizaine d'autres vers la propriété, fut installé dans un hangar au toit de tôle et aux murs crépis, où l'on avait rangé des lits, et au fond duquel se trouvaient deux douches entourées de rideaux en plastique. Pour accéder aux toilettes, il fallait sortir et ces commodités étaient partagées avec un chantier de terrassement.

Il resta un mois à effectuer de durs travaux, alternant le maniement du sécateur et celui d'une brouette haute et étroite à large roue qu'on tirait derrière soi, adaptée à la navigation entre les ceps. L'atmosphère changeait sans qu'on puisse réellement comprendre les raisons : parfois les hommes se répartissaient dans les vignes suivant des lignes de front opposant les pays du Maghreb, parfois on y chantait en arabe des chants qui tiraient des larmes à tous. Quelquefois aussi, les hommes se réunissaient autour d'un feu improvisé de sarments coupés la saison précédente. Et quand il pleuvait, après l'orage, les hommes rentraient par le chemin d'asphalte trempé qui menait au campement. Ils marchaient d'un même rythme, sans qu'ils se fussent concertés, qui leur faisait abattre un pas lourd sur quatre pour faire tomber la terre d'une semelle puis l'autre. On aurait dit à ce moment une armée de réserve.

Les chants du jour prenaient une autre couleur à la nuit tombée, certains avaient apporté leurs instruments. Ils chantaient à tue-tête et sans doute était-ce un fait exprès, même si les habitants ne se plaignaient pas. Au Brésil, lorsque les esclaves faisaient entendre leurs chants de violence et de sang, on disait que la nuit leur appartenait quand le jour était le bien de leurs maîtres.

À tout moment, dans ce monde, manquait la présence des femmes. On y était payé à la semaine. Et pourtant, ici, le père d'Ibrahim se sentait en sécurité. Les quelques Algériens qui l'entouraient se fichaient du pays, du moins pour le temps de leur exil. Il se sentait aussi coupable et voulait demeurer anonyme. La colère de sa condition n'avait pas encore pris forme, elle n'était pas de sa génération pour ainsi dire. Peu lui importait qu'on eût fait venir les Arabes pour traiter des tâches les moins nobles et qu'ils fussent méprisés ainsi comme des bêtes de somme. Peu lui importait aussi qu'on imaginât que ces tâches un jour fussent exécutées par des engins d'exploitation plus modernes, cueillant les raisins d'une vingtaine d'hommes par journée de labeur, et que ses mains fussent mises au rebut, puisqu'ainsi semblait aller le monde des machines.

Il voulait demeurer ici, quels que fussent sa raison et son emploi, et ne pas retourner en arrière dans un pays qui n'avait eu que l'économie de la mort à lui offrir, soit qu'il la donnât ou la subît. Lorsqu'on lui adressait la parole, il restait sur des généralités. Il n'envoyait rien au pays, son frère l'ayant assuré qu'il s'occuperait de leur mère. En un mois il eut assez d'argent, additionné à celui qu'il avait apporté d'Alger, pour quitter le Sud et se payer le luxe du temps nécessaire pour trouver un emploi plus stable. Son cousin l'aida à nouveau, cette fois en lui montrant une annonce d'un pépiniériste qui embauchait plus au nord.

Il prit le train de nuit, dormit dans un hôtel près de la gare. Au petit matin il se rendit à pied aux portes de l'entreprise, après avoir mis un costume qui tranchait avec l'uniforme habituel du travailleur manuel, qui traduisait la pauvreté d'une autre manière. Il vit là un homme habillé en bleu de chauffe, faisant l'ouverture des grilles à la descente de son camion. Le patron fut surpris de voir un homme s'exprimant dans une langue élaborée, habillé comme un représentant de commerce, lui demander si l'entreprise embauchait des pépiniéristes expérimentés.

Il lui dit d'attendre et, après avoir garé son camion dans la cour, revint vers lui en lui demandant son nom. S'ensuivit une conversation qui tourna autour des essences. Le père d'Ibrahim se distingua encore en décrivant comment tailler en fonction des saisons, quels massifs tiendraient, les combinaisons qui renforceraient la croissance. Le patron s'assit sur un banc dans la cour, devant l'entrée du préfabriqué où se trouvaient les bureaux, lui offrit une cigarette au papier de maïs, qu'il fuma en toussant, attendant sa réponse. Après avoir écrasé son mégot sous sa semelle, le patron se leva et dit au père d'Ibrahim de revenir le lendemain, en tenue de travail.

15

Il avait vécu en Algérie avec des idées simples, mais la violence l'avait changé. Il était passé d'un monde où tout avait une fin, passant de l'école au service militaire, puis de la caserne à l'emploi, à un monde que le meurtre du berger avait éventré, où rien ne se terminait plus jamais. L'inquiétude avait remplacé la simplicité du passé et s'était immiscée partout, jusqu'à le forcer à fuir. Il restait seul face à sa crainte d'être rattrapé, peu à peu devenu un homme redoutant sa boîte aux lettres.

L'honneur qui l'avait habité une partie de sa vie avait perdu son sens, il comprenait bien qu'il ne pouvait plus prendre la position de l'indemne. Dans sa fuite, il s'était créé une existence blessée d'une imperfection qui se transformerait au mieux, avec le temps, en une cicatrice sensible. Un déséquilibre subsistait entre la somme de ses actes et son aspiration au calme. Il avait cependant gagné dans le monde où il s'était réfugié une autonomie et l'affirmation que ce qui lui arriverait dépendrait de lui. Le point vers lequel se dirigeait sa vie bancale était maintenant situé à l'intérieur de lui, à la manière des voiles dites de foc ou de génois, dont le barycentre de traction est à l'intérieur du navire.

Il voyait bien aussi comment la marche du monde conspire contre la liberté, jusqu'à s'inquiéter de celle d'un ouvrier agricole. Son autonomie avait été menacée en Algérie par la montée des périls à laquelle personne n'osait individuellement faire face, puisque l'État et la rébellion cherchaient chacun à leur manière à subjuguer les gens comme lui, par la loi et la peur. Elle était menacée aussi ici, en France, par la manière dont on le regardait, puisque chacun voyait qu'il portait sur sa peau la couleur et les habits de la pauvreté.

Il fut seul à ce moment-là et vit qu'on essayait de lui en retirer le bénéfice. Son accent et son visage trahissaient l'immigré. Quand on lui parlait, il lui semblait qu'on essayait surtout d'éviter la conversation. Il vit aussi comment l'Administration le rendait vassal, lui qui se vivait souverain, puisqu'il devait revenir au guichet régulièrement pour renouveler ses titres et que chaque renouvellement restait soumis à l'arbitraire. Comme il était coupable, il acceptait beaucoup pour n'être pas démasqué. Il était innocent et devait s'en convaincre, sous peine de devenir fou. Le pays le contraignait, lui-même s'empêchait, il ne demandait rien à son patron, n'argumentait jamais sur ses choix et ses idées, acceptait les requêtes, n'en était jamais le maître.

Un jour, il vit en rentrant chez lui une jeune fille se faire traiter de sale Arabe par une adolescente revenant du lycée. Il lut que des Algériens avaient décidé de porter le combat sur le sol français et que certains avaient été tués après une longue traque qui avait mené les forces de police dans un lieu désolé de la France. On imagina qu'il fallait être plus attentif et accepter de changer les règles de confiance. Il sut pourtant qu'il resterait en France et eut l'impression de passer le cap, lors d'un voyage où la moitié des réserves avait été consommée.

Il lui sembla que c'était toujours la joie qui était contrôlée. L'Algérie était triste et dangereuse. La France n'était encore ni l'un ni l'autre, mais elle devenait l'un et l'autre puisqu'elle ne se voyait plus comme souveraine. Elle s'inquiétait autant de l'anarchie que de la joie qui venait avec la liberté.

Quand il était seul, il lisait les journaux et regardait peu la télévision, habitude qu'il avait prise jeune. Une dizaine d'années avant la fin du deuxième millénaire, il se souvenait y avoir vu de manière insistante une réclame pour un ancien groupe de téléphonie, qui lui avait paru porter une menace. « Nous allons vous faire aimer l'an 2000 », disait le service public défroqué. En France, il comprit que la manière de résister à ces forces en marche était de les comprendre.

Une crise toucha le pays, son patron le prévint qu'il allait sans doute en profiter pour partir à la retraite avant l'heure et fermer son entreprise. Il avait cependant à cœur de replacer son personnel. Il indiqua au père d'Ibrahim que la mairie envisageait d'intégrer un jardinier expérimenté à son département Espaces verts. L'initiative consistait en des actions à vocation électorale qui se traduiraient ensuite par un « effort important de verdissage de l'environnement urbain ». Le père d'Ibrahim fut embauché, puisqu'il travaillait déjà régulièrement pour la mairie, son entreprise étant le sous-traitant paysagiste principal. Quand son contrat à durée déterminée fut renouvelé, il rencontra sa future femme.

Ils n'avaient pas le même souvenir de leur rencontre. Il pensait notamment qu'il était entré dans son bureau sans y avoir été appelé. Elle se rappelait l'y avoir invité. À l'époque, elle avait des cheveux noirs tirés en queue-de-cheval et, quand il entra, elle le fit asseoir sans le regarder, finissant une conversation dans laquelle elle donnait des directives. Il attendit. Quand elle lui accorda son attention, ce fut pour lui demander de confirmer son identité et de décliner les raisons de sa présence. Il fit ce qu'il faisait dans ces cas-là : il fut attentif à son vocabulaire, s'expliqua en quelques phrases précises, puis il se tut. Dans le silence qui suivit, il comprit qu'elle était surprise, et même intriguée.

Elle posa plus de questions que nécessaire, le père d'Ibrahim vit qu'elle souriait à ses plaisanteries. Il eut l'audace de lui demander si elle souhaitait déjeuner avec lui, elle eut la bonté de ne pas refuser et l'intelligence de ne pas accepter. Il revint la semaine suivante pour finaliser son dossier et, cette fois-ci, posa sur sa table un arbre nain, puisque cette mode avait pris ces dernières années. Elle avait oublié ce détail. Il lui dit qu'elle avait le choix de penser chaque jour à lui sans le connaître, ou de le connaître et de ne plus y penser. Elle rit de bon cœur et accepta de déjeuner avec lui.

Le père d'Ibrahim arrivait à un âge plus mûr et, surtout, se voyait vivre indéfiniment en France. Il lui fit une cour assidue. Il voyait en elle des raisons objectives de l'aimer. Plus éduquée que lui, plus rayonnante, elle constituait un palier dans une ascension sociale. D'une certaine manière, alors qu'elle n'était pas encore française, elle lui permettait de devenir citoyen du pays où il se sentait immigré. Et, lorsqu'il était seul, aux premières heures du jour, la vraie raison de son attirance retenait son esprit par la manche, avant que son sommeil se dissipe tout à fait. Dans cette pensée qui n'osait pas apparaître clairement se trouvait la permission d'oublier d'où il venait. Il l'aimait pour de mauvaises raisons, ce qui ne l'empêchait pas de l'aimer.

Quand elle s'était déshabillée pour la première fois devant lui, elle portait des sous-vêtements noirs qui ressortaient peu sur sa peau très mate. Il se rappelait qu'elle avait tourné la tête vers la fenêtre du salon, qu'elle avait regardé la rue sous la lune pendant quelques secondes. L'instant d'après, quand ils s'étaient enlacés, il avait perdu pied dans son parfum qui poudrait sur sa peau. Si cette nuit avait été tendre, les futurs parents d'Ibrahim avaient eu l'impression de partager leurs richesses. Ils s'étaient levés inquiets d'en avoir dissipé la valeur. Ils avaient eu le sentiment dès cette nuit-là d'avoir l'un et l'autre quelque chose à perdre.

Elle oublia son pull noir sur une chaise et, le temps de sa cour, il conserva cette relique pleine de son odeur. Il lui arrivait d'y plonger son visage, debout dans son salon, c'était l'arôme d'un présent magnifique. Ils se revirent chez l'un et chez l'autre, bénirent le fait que leurs familles soient loin. Un matin de printemps, le futur père d'Ibrahim se leva, habité d'une certitude qu'il n'avait pas connue depuis longtemps, celle d'être arrivé en lieu sûr : il demanda sa main à la future mère d'Ibrahim. Il le fit à l'écart, assis sur la terrasse d'un restaurant qu'il avait jugé sophistiqué, car onéreux. Elle dit oui et serra sa main au-dessus de la table. Ses yeux étaient plus sombres qu'il ne les avait jamais vus et, quand ils sortirent de table, il la sut heureuse.

Ces yeux avaient-ils aussi perçu ce qui adviendrait ensuite ? Il avait été assez courageux – ou faible, c'est selon – pour lui dire qu'il avait dû fuir l'Algérie à cause d'événements violents auxquels il avait été forcé de participer. Elle ne lui en avait pas demandé davantage et, aux yeux du père d'Ibrahim, cette absence de questions avait valu demi-absolution. Il pensait en avoir fait sa complice.

Un an après leur mariage, Ibrahim naquit, et sa naissance difficile changea les équilibres. À mesure que l'enfant grandissait, son père avait l'impression de tricher à cause de son secret. Il crut d'abord pouvoir ignorer tout du meurtre, le garder à distance comme une nouvelle envoyée d'un pays éloigné qui n'arriverait jamais à son destinataire. Or, il est des navires gigantesques qui mettent des dizaines de milles nautiques à s'arrêter, que l'on croit lointains mais qui, entraînés par leur masse, gagnent sans cesse sur un esquif puis le renversent.

Le père d'Ibrahim se préparait à exercer ses responsabilités de père. Un jour où Ibrahim, enfant, dormait dans la chambre attenante, son père se tourna vers sa femme et trouva le courage de lui avouer dans le détail le secret de vengeance qui le liait à son frère. Elle l'écouta sans mot dire. Et lui, qui avait déduit de son indifférence passée qu'elle dût déjà savoir l'essentiel, s'attendit à une compréhension qui irait au-delà du silence.

Elle lui dit se sentir mal à l'aise. Il lui fallait du temps pour y réfléchir. Il pensa que, dans l'esprit de sa femme, des éléments qu'elle avait ignorés s'emboîtaient maintenant d'un coup et fermaient les voies de l'insouciance dans laquelle elle s'était imaginée vivre. Elle essaya pourtant de réconforter son mari. Elle lui proposa d'ignorer les événements, pour lui et pour elle. Mais le caillou d'un péché commun était maintenant dans sa chaussure. Elle n'avait pas posé de questions quand il en avait parlé à mi-mots, il avait ainsi pensé s'en tirer à bon compte. Ils se trouvèrent dénudés par cet irrémédiable. Elle en perdit le sommeil. Il fut affecté de maladies qu'aucun de ses parents n'avait subies, passant un mois dans les souffrances intolérables d'un zona qui lui dévorait les côtes. Elle devint réticente à son contact physique, et cela s'amplifia avec l'âge et l'habitude. Bientôt ils furent chastes.

C'est ainsi que le couple se délita. Ils se séparèrent après qu'il l'eut trompée avec des femmes qu'il payait. Son odeur avait changé, il sentait la solitude, mélangée à l'odeur de la vie végétale, qui prédominait maintenant. Il mit longtemps à reprendre pied. Il eut d'abord l'impression d'avoir été trahi et ne ressentait qu'une colère assoiffée, qui se résolvait les jours plus faciles en amertume. Ses erreurs s'étalaient devant lui : celle d'avoir été mis dans une situation impossible, celle de ne pas avoir su faire face aux conséquences de ses aveux, celle d'avoir imaginé le pardon sans travailler à l'obtenir. La plus grande injustice à ses yeux avait été que sa femme n'eût rien à cacher, donc aucun secret à donner en échange.

Il fut surpris de la rapidité affolante avec laquelle sa vie s'était dissoute après ses 50 ans. Le réel avait cessé pour un temps d'adhérer au monde dans lequel il vivait, les éléments de sa vie qu'il avait crus fixes redevenaient mobiles. Il s'établit dans un autre quartier, aidé par la mairie à nouveau, passa des heures à regarder les murs trop fins de son nouveau logement. Il sombra alors un temps dans un gouffre vert-de-gris, craignant davantage de mourir de vieillesse – ou plutôt d'ennui – pendant sa chute. Il cessa de sortir avec ses amis, son divorce l'avait dégrisé. Après cette phase de désœuvrement, n'ayant plus de secret à garder, il reprit avec assiduité une routine centrée autour de son travail, qu'il n'avait jamais cessé de bien faire.

Pour se changer les idées, il décida, par exemple, de mener une tournée systématique de tous les pépiniéristes de sa région. Les services de la mairie ne trouvèrent rien à redire à ses pérégrinations. Ils ne remirent pas en cause ses quelques justificatifs de dépenses, et les indemnités kilométriques furent plus que couvertes par les rabais divers obtenus auprès des fournisseurs. Durant cette période, on put le voir marcher entre les haies de cyprès de ses interlocuteurs et, quand ceux-ci le laissaient pour vaquer à des affaires plus urgentes, il respirait à pleins poumons un air chargé de l'odeur sincère de la résine. Un an après sa séparation, son ancienne vie lui sembla plus lointaine, comme contingente. Il cessa de fréquenter des prostituées. Il rencontra une caissière dans une supérette de son quartier, une Éthiopienne arrivée en France quelques années auparavant, qui lui assura en riant pouvoir tout connaître de la vie de ses clients au vu de leurs achats. Il sympathisa avec elle, et ils se mirent en ménage après trois mois de fréquentation.

La mère d'Ibrahim déménagea pour un appartement plus petit et moins bien placé du fait de la baisse de ses ressources. Ils trouvèrent un *modus operandi* selon lequel Ibrahim passait un week-end sur deux avec son père, du moins jusqu'à l'adolescence. Après ses 13 ans, Ibrahim n'y allait plus qu'épisodiquement. Il se sentait de trop, surtout depuis que son père s'était installé avec sa nouvelle compagne. Il pensa que sa mère avait des aventures mais qu'elles restaient sans lendemain. Après tout, elle était encore belle et jeune.

Sûrement refusait-elle de vivre par pur confort et voulait-elle connaître encore les vibrations du désir et de l'amour, exemptes des harmoniques sinistres que le père d'Ibrahim lui avait joués.

16

Le père d'Ibrahim alluma une autre cigarette. Par la fenêtre ouverte du balcon, il entendit la clé tourner dans la serrure de la porte d'entrée : sa compagne rentrait du supermarché. Elle l'appela gaiement, il se leva de la chaise qu'il avait installée sur le balcon pour l'aider à ranger.

À elle, il n'avait rien dit, ayant estimé le contrat différent. Il avait gardé ses secrets. Cette accalmie illusoire s'était dissipée quand son frère l'avait appelé, au début du mois de septembre, et lui avait avoué qu'il avait raconté leur histoire à Ibrahim, comme il l'avait fait avec Djibril.

« Mais tu n'en avais pas le droit, avait répondu le père d'Ibrahim.

— Je sais, mais comment veux-tu qu'il n'en sache rien si ton ex-femme et mon fils sont au courant ?

— Ce n'était pas à toi de le faire. »

Il avait raccroché en soupirant, épuisé par cette courte conversation. Il avait réalisé à cet instant la somme d'efforts qu'il avait fournie afin de mettre à distance une partie de sa vie. On pouvait bien réduire en cendres ses souvenirs comme on le fait d'une cigarette, on n'en était pas moins enchaîné à la nicotine absorbée dans sa vie passée. Depuis des années, il revenait sur les lieux du meurtre quand son esprit vagabondait, et les revoyait dans ses rêves parfois sous une forme absurde. Les mécanismes de la cristallisation psychique avaient été colonisés par la peur d'être découvert, une sorte de honte parasitait la vie qu'il menait, l'amoindrissait.

Lorsque Ibrahim s'était désintéressé de son père, dans les années qui avaient suivi le divorce, cela avait tenu surtout à l'idée qu'il avait peu à apprendre de cet échec masculin qui s'était déployé devant lui. L'image qu'il avait de son père avait été réduite à celle d'un jardinier divorcé. Un jour qu'il était venu lui rendre visite, Ibrahim l'avait ainsi vu dans son uniforme municipal de couleur verte, monochrome comme un slogan. Il avait été aussi choqué que s'il l'avait surpris nu et ivre. Dans son esprit, la boîte qui contenait son père s'était refermée sur cette image définitive, jusqu'à ce jour incomprise.

Sa mère n'avait jamais médit de son père. Elle s'était contentée de confirmer qu'ils n'étaient plus amoureux, mais qu'il restait un des hommes « importants » de sa vie. Quand, après que la séparation se fut installée dans une certaine routine, le père d'Ibrahim avait revu son fils, il s'était un peu considéré comme un spectateur placé derrière une vitre sombre, dont Ibrahim entendait la voix, comme étouffée. Son père avait compris que, s'il voulait exercer son rôle, il lui faudrait briser cette vitre avec une certaine rudesse.

Quand il essayait de le faire, en bousculant Ibrahim par des questions plus pointues, la barrière se reconstituait aussitôt, puisque l'échec revenait à l'esprit du père comme du fils. Le fonctionnement habituel avait été dénié au père, les esclandres étaient des variables d'ajustement d'un processus continu d'interdictions, d'exemples et d'affection. Ils avaient maintenant des conversations banales qui tournaient autour des choses immédiates, dont l'objet évoluait avec l'âge, un certain mutisme croissant à l'adolescence. Le père avait la vague impression que les visites étaient devenues pénibles pour son fils : il n'avait rien à dire à cet homme qu'il se forçait à voir.

Depuis son retour d'Algérie, la réticence d'Ibrahim avait pourtant changé de nature, sans que son père en eût conscience. Ibrahim était mû par une curiosité qu'il ne savait pas comment assouvir. Il tergiversait, remettait sa visite à la semaine suivante. À la fin du mois d'octobre, après de brèves conversations téléphoniques au cours desquelles son père lui avait répété « J'aimerais bien te voir. Quand viens-tu manger à la maison ? », il répondit qu'il viendrait déjeuner le samedi suivant, après les cours.

17

Ibrahim et son père étaient accoudés sur le balcon. Ibrahim avait enfilé un survêtement neuf de couleur bleu nuit, ajusté sur son buste que couvrait un tee-shirt jaune et vert aux couleurs incongrues du Brésil. Son père portait un pantalon de costume sombre, barré d'une ceinture de cuir marron, et une chemise blanche piquetée de minuscules losanges qui scintillaient presque. Tous deux étaient en chaussettes blanches sur le sol sombre du carrelage d'extérieur.

« Ibrahim, je sais que ton oncle t'a parlé. Je ne voulais pas qu'il te dise quoi que ce soit. Ce sont des histoires anciennes, qui se sont passées ailleurs et dont je ne souhaite plus parler, et dont, surtout, tu ne dois parler à personne. Ma vie est ici, maintenant.

— Qu'est-ce que tu racontes ? Tu es comme Djibril. C'est tellement gigantesque, tu réalises que tout le monde à part moi le savait ? Tu es un héros. J'ai le droit de savoir qui tu es, ce que tu as fait. »

Dans l'insistance d'Ibrahim, son père vit une raison légitime de parler. À la question de savoir s'il avait eu peur, il répondit qu'il n'avait pas eu peur sur le coup, mais par la suite, peur à la manière d'un malaise qui graduellement s'était installé, jusqu'à rendre nécessaire son départ. Il n'y avait pas eu de vengeance immédiate, puisque nous n'en étions qu'aux prémices de la folie qui avait fait plonger l'ensemble du pays. La mort d'un berger était devenue secondaire par rapport à la débauche de violence qui caractérisait ces années, la police avait d'autres chats à fouetter.

Le père d'Ibrahim aurait voulu plus que tout faire disparaître le mauvais héros qu'il était devenu. Mais plus il parlait avec son fils, plus il réalisait qu'Ibrahim ressentait une fierté contre laquelle son orgueil de père ne savait résister. Il expliqua pourtant qu'il avait commis une erreur qui avait taché sa vie à jamais. Il insista sur le fait qu'il n'était que complice et se trouva en porte-à-faux vis-à-vis de son frère, qu'il accusait malgré lui.

Rien n'y fit. Le père d'Ibrahim montait sur un piédestal par une mauvaise route. Ibrahim plaçait à côté de l'image de son père, en vert de travail, une silhouette qui s'adossait contre la Peugeot, avec en fond le paysage de garrigue pelée qu'il avait vu dans la chambre de l'appartement en Algérie. Cet homme encore jeune remontait dans la voiture, s'asseyait sur le siège du conducteur, démarrait la vieille machine, faisant voler la poussière sous le soleil. Il imaginait son père fumant au volant, une main sur la portière et pendant au-dehors, et son oncle portant des lunettes de soleil. La route reliait un village en Algérie à un port de la Méditerranée et, par la connexité propre au pays des fantasmes, se poursuivait jusqu'aux vendanges du sud de la France, sans s'arrêter aux pépinières, sans s'arrêter aux mairies minuscules, jusqu'à la rue où ils se trouvaient.

Le père d'Ibrahim descendait alors de cette voiture et montait ces marches. Il prenait place sur ce balcon et, ayant vieilli de vingt ans en un lever de soleil, se tournait vers son fils qui l'admirait contre son gré. Son père n'y pouvait rien. Car ce n'était non pas le meurtre qui gênait Ibrahim – il le fascinait –, mais les noms inacceptables que lui avait donnés son père en les enfouissant dans le tuf du souvenir : la peur, la honte.

Sa compagne leur annonça que le repas était prêt. Ils s'assirent tous les trois à la table en bois du salon, couverte d'un Bultex sur lequel la femme du père d'Ibrahim avait posé trois assiettes en porcelaine blanche dont le bord doré s'effaçait, et des couverts qu'elle ne sortait que rarement. Elle servit un de ces plats secs et savoureux d'Éthiopie, qui se cuisine surtout lors des baptêmes. Ibrahim mangea de bon cœur et leur conversation, en la présence de la compagne de son père, porta sur des sujets plus anodins.

Se reflétant dans le miroir du salon, la scène ressemblait à un tableau classique dont on aurait travaillé les éclairages. On voyait le père et le fils assis l'un à côté de l'autre, la femme tournée de dos, le soleil bas de l'automne faisait une tache jaune clair, noyant de lumière le plus grand mur de la pièce. Quand la femme se leva pour aller en cuisine, Ibrahim la suivit des yeux et remarqua la poussière qui dansait dans l'air, créant un sfumato sur les motifs du papier peint qui s'ajoutait à la lumière. Vers 14 heures, le repas achevé, le père s'assit et prit son café devant la télévision, puis il s'assoupit. Ibrahim en profita pour partir. Il dit à la compagne de son père qu'il reviendrait bientôt. D'un geste, il dit au revoir à son père, qui dormait.

Sorti de sa torpeur, le père d'Ibrahim ressentit une angoisse ambiguë. D'une part, il était heureux d'avoir repris une stature dans l'esprit de son fils, il était aussi soulagé d'avoir abaissé son masque avec le dernier membre de sa famille, qui comptait le plus pour lui. Mais il s'était aussi laissé aller à glorifier des actes dont il n'avait pas voulu qu'ils le définissent, et qu'il ne désirait surtout pas laisser en héritage.

Il percevait bien qu'il y avait chez Ibrahim, chez tout le monde en fait, l'idée que le courage puisse être du même ordre que la violence. Ibrahim marchait sur un chemin de crête escarpé. La mère d'Ibrahim avait dit à son ex-mari qu'elle s'inquiétait des mauvaises fréquentations de leur fils et qu'elle se sentait impuissante. Son redoublement avait été une façon imparfaite de briser la routine, permettant au jeune garçon de reprendre pied.

Après ce déjeuner, le père avait vu son fils plus régulièrement. Une complicité nouvelle s'était nouée sur l'illusion qu'ils seraient tous deux taillés dans l'étoffe de gens forcés de vivre une vie qui ne leur correspondait pas. L'issue à cette situation, créée par les circonstances, s'offrit au début du printemps. Ibrahim avait repris ses activités de veilleur. Son père fut surpris de recevoir un coup de téléphone de son ex-femme lui demandant de la retrouver après son travail au café de la mairie.

Leur relation, maintenant centrée autour d'Ibrahim, évoluait sur un arrière-plan peu propice à la sérénité. Il y avait eu un temps durant lequel, lorsqu'ils se parlaient au téléphone, aucune conversation ne se finissait bien. Il s'était longtemps senti trahi d'avoir avoué ses faiblesses, d'en avoir payé un prix à ses yeux exorbitant. Elle avait mis longtemps à s'éloigner du malaise qui l'avait saisie lorsqu'elle avait appris de quoi était capable cet homme. Et son indépendance avait choqué son mari. Il se doutait qu'elle était désirable et qu'elle avait des aventures dont il ne savait pas qu'elles étaient sans lendemain. De son côté, la grande affaire de la mère d'Ibrahim restait le chantier de l'éducation de son fils, sur lequel elle se sentait seule à œuvrer.

Avec le temps, avec la perception d'un éloignement inscrit dans le corps des enfants et des adolescents, et surtout avec la bascule entêtée d'Ibrahim dans des activités dont elle ne parvenait pas à trouver les donneurs d'ordre, elle avait conçu l'idée de s'allier avec son ex-époux. L'interpellation d'Ibrahim avait ajouté un caractère d'urgence. Elle avait passé une partie de sa vie à s'éloigner du père de son fils pour comprendre *in fine* que sa fuite laisserait seul Ibrahim aux pieds d'une idole. Elle comprenait qu'elle ne pourrait réussir sans la collaboration du père. De cette manière, elle était devenue sa complice.

Car il nous faut parler de la conspiration qu'ourdissent les parents quand ils se penchent sur les berceaux et qui compte autant de traîtres que d'alliés. Ici, la mère fut claire. Elle expliqua comment Ibrahim avait pris un mauvais pli, qu'il atteignait un âge où il se sentait capable (« obligé, même » sont les termes qu'elle ajouta) de renverser les faibles barrières qu'elle avait su ériger entre son fils et le monde « facile ». Elle demanda au père une chose infime : elle voulait que leur fils soit domicilié chez lui pour qu'il changeât de lycée par la grâce de la carte scolaire. Il était toutefois clair qu'Ibrahim resterait vivre chez sa mère, n'ayant qu'une présence légale chez son père.

Ayant pour ainsi dire émigré sans migrer, il serait dans un environnement différent, dans un lycée où les bons élèves tiraient les classes vers l'excellence, où les professeurs étaient respectés. Le père d'Ibrahim écouta et, s'il avait jamais été amoureux de son ex-femme, ce fut dans ce café. Ce jour-là, elle sauvait non seulement son fils, mais lui aussi. Depuis longtemps, il avait manqué de perspectives. Son ex-femme lui proposait d'aller avec elle dans une direction qui l'éloignait enfin de l'ombre du passé dans laquelle il avait fini par s'habituer à vivre. Il accepta cette nouvelle alliance.

Le père d'Ibrahim n'était pas idiot, il savait lorsqu'il remplit le formulaire indiquant la nouvelle domiciliation de son fils qu'il acceptait un état des lieux injuste. Il le fit néanmoins puisqu'il était en deçà de la pile et qu'il s'agissait de son fils. Et puis, il s'offrait la chance qu'on se souvînt de lui pour autre chose que la complicité d'un meurtre.

18

Il faisait lourd en ce jour de juin, l'atmosphère sentait la moisissure poussiéreuse des premiers orages. La lettre avait été posée en équilibre sur la console fixée au mur de l'entrée. Quand Ibrahim ouvrit la porte de l'appartement dont son père lui avait récemment donné la clé, la lettre tomba à terre. En se penchant pour la ramasser, il put lire son nom sur l'enveloppe.

Nous étions encore à quelques années de l'ère où le courrier physique ne vous apprendrait plus que les mauvaises nouvelles, ou vous ferait part, contre votre gré, des biens et services que vous auriez pu consommer. Il représentait encore, dans ce monde analogique, la possibilité d'une bonne nouvelle. La curiosité poussa Ibrahim à ouvrir l'enveloppe, à déplier le feuillet qu'elle contenait, à découvrir qu'il avait été accepté, par suite de son changement d'adresse, au lycée dont dépendait le logement de son père.

Il sentit alors monter en lui une rage égale à celle qu'il avait éprouvée lors de son redoublement, sans pouvoir y attribuer de coupables. Puis, très vite, la tête lui tourna et son vertige le força à s'asseoir sur une des chaises de la salle à manger. Il tenait encore la lettre à la main. Son sac reposait par une seule bretelle sur son épaule, son esprit explorant avec fièvre les conséquences de ce qu'il venait de lire : un nouveau lieu, des personnes inconnues, et cette suffisance qu'il connaissait, dans laquelle il était de trop. Ses amis qu'il avait tant de mal à conserver, leur suspicion qu'il fût devenu un autre. Il pensa que c'était la seconde fois qu'on le traitait comme un paquet, qu'il était temps que finisse la mascarade de l'espoir qu'on plaçait en lui.

Ibrahim était trop lâche pour fuir, trop faible pour se battre. Voilà la réalité des gens encore jeunes à qui la chance a manqué, puisque ce n'est qu'après cette chance qu'ils peuvent fuir ou se battre. Il eut envie de se lever, de hurler, de casser les choses précieuses dans cet intérieur bien rangé où se nouaient des décisions dans son dos. Il jeta son sac au sol d'un coup d'épaule, se leva, s'avança vers la commode, saisit le cendrier en forme de livre ouvert de son père et, de toutes ses forces, le projeta contre le sol, où il éclata en deux morceaux inégaux ainsi qu'en une myriade d'échardes translucides, comme si Ibrahim avait brisé les Tables de la Loi. À peine eut-il le temps d'entendre son père crier « Ibrahim ! » depuis le couloir qui donnait sur la pièce, qu'il se retourna pour le voir se ruer sur lui, armant son bras pour lui assener une gifle de maçon qui l'étourdit et le fit trébucher.

Il ne fallut qu'un instant à Ibrahim pour retrouver ses esprits, et la colère qui l'avait saisi quelques minutes auparavant explosa en un feu qu'on aurait fouetté de mistral. Il avança d'un pas vers son père, qui le regardait les yeux exorbités, se demandant quelle folie s'était emparée de lui. Son père entreprit de le maîtriser en l'enserrant dans ses bras et, par la lutte confuse qui s'ensuivit, tous deux tombèrent dans le salon. On n'entendit alors plus rien d'autre que des grognements étouffés, dont certains avaient une sonorité aiguë et musicale, donnant une coloration grotesque à la scène.

Ibrahim lança un cri sec quand l'étreinte de son père et la fracture récente de sa jambe réveillèrent les faiblesses d'un tendon à l'aine qui se luxa, faisant naître une douleur qui le perça comme une lance. Père et fils restèrent immobiles à terre pendant un court instant, Ibrahim tenant à deux mains le haut de sa cuisse endolorie, le père reprenant son souffle et laissant revenir son cœur en eaux plus calmes. Ils entendirent la clé tourner dans la serrure et, dans la seconde qui suivit, la compagne du père actionna l'interrupteur. Le ciel assombri annonçait la pluie.

« Je ne t'ai rien demandé, je ne veux pas aller dans un lycée de blaireaux. Qui es-tu pour me faire des trucs pareils ? Qui es-tu ? Tu n'es plus rien, j'habite avec ma mère et toi tu n'es rien. Rien ! dit Ibrahim d'une voix étranglée.

— Ibrahim, tu portes mon nom ! Tu ne peux pas devenir comme tes amis qui trafiquent au pied des immeubles. C'est un bon lycée, c'est une chance, je n'ai pas d'autres moyens de te le faire comprendre. »

Ibrahim se leva en boitant. Il ramassa son sac. La compagne de son père se dégagea de son chemin en le regardant d'un air stupéfait, et il partit en claquant la porte. Dehors, la colère lui fit ignorer le déluge qui commençait. Il marcha ainsi une heure, claudiquant sous la pluie et ignorant sa gêne, n'espérant aucun confort. Il lui semblait remonter un courant aussi violent que le temps lui-même.

Quand il arriva chez sa mère, il ne la salua pas. Ibrahim ressentait un immense découragement, un second esclandre aurait été au-dessus de ses forces. La répétition de ses arguments lui semblait futile, il se voyait dépossédé d'un cadre qui lui paraissait impossible à remplacer. Pourtant, après sa marche sous l'orage, sa position avait perdu la vigueur qu'elle avait eue face à son père. Il était donc redevenu plus posé, sa colère tenue en laisse par le découragement. Il se rendit directement dans sa chambre, mit des vêtements secs et, repassant par le salon, annonça à sa mère qu'il allait chez Djibril et qu'il rentrerait tard, après dîner.

Le père d'Ibrahim s'était assis à sa table, encore décoiffé par la lutte. Il prit une feuille blanche et, comme il s'apprêtait à écrire, l'odeur animale de la pièce le ramena à un souvenir d'enfance, comme si cette odeur avait fait l'objet d'une photographie rangée dans un livre qu'on aurait depuis longtemps refermé. Ibrahim était vieux de quelques années, il paraissait voler, jeté en l'air par les mains de son père.

Le père d'Ibrahim écrivit ces mots : « Je t'annonce que nous n'avons pas encore sauvé Ibrahim. Nous ne le sauverons peut-être pas. Mais de le sauver, nous essaierons encore. Ce que nous avons créé ne peut désespérer. Ma faute ne peut se répercuter sur notre fils. J'en appelle à tes sortilèges avec des mots qui sont à peine les miens et je regarde boiter Ibrahim au cœur du déluge. »

19

Cormier raccrochait le téléphone fixe lorsqu'il entendit le moteur d'une voiture qui s'était engagée derrière le portail. Il sortait d'une conversation qu'il attendait chaque fois avec un plaisir impatient. Lui et un de ses amis, son ancien adjoint, avaient pris l'habitude un peu flottante de s'appeler tous les trois mois pour prendre des nouvelles, garder un lien qu'on pourrait qualifier de fraternel. Les amitiés longues, tout ce qui prend un certain temps pour se faire – ou se défaire – et qui aussi commence par une étincelle de compréhension ou de bienveillance, plaisaient à Cormier.

Dès qu'il eut atteint l'âge requis, Cormier passa le concours de commissaire, auquel il échoua deux fois.

Il fut accepté *in extremis* la dernière fois qu'il pouvait le tenter, alors qu'il avait par ailleurs perdu espoir. Son classement ne lui permit pas de prétendre à autre chose que la sécurité publique. Il put en revanche choisir entre deux assignations géographiques : il prit celle qui était la plus proche de Saint-Cyr-au-Mont-d'Or, où il avait suivi sa formation de commissaire.

Quand il arriva au Puy-en-Velay, il fut accueilli par un Antillais de cinq ans son aîné, que tout le monde appelait « Jé », mais dont le nom complet était Jethro. Il le tenait de parents protestants. En tant qu'adjoint, Jé avait assuré la bonne intégration de Cormier dans le commissariat, l'avait aidé à prendre ses marques. Jé ambitionnait lui-même de passer le concours, il le fit deux ans après le départ de Cormier.

Cormier, qui était devenu franc-maçon en parallèle de sa formation, eut la surprise de retrouver son adjoint lors des premières tenues de sa loge. Dans cet univers, la hiérarchie se trouvait renversée, Cormier écoutait les planches de Jé, dont la richesse dépassait de la tête et des épaules sa balbutiante production. Cormier savait déjà, par culture scientifique, qu'on pouvait à tout moment se trouver élève du premier venu à la tête mieux faite ou aux intuitions plus fécondes. Par la présence de Jé au sein de sa loge, il touchait du doigt la multiplicité des dimensions par lesquelles il fallait considérer ses contemporains. Quand il sortait de son bureau, où il était seul, et voyait son adjoint partageant le sien, les vanités étaient plus claires.

Les premières années de commissariat avaient été les plus riches de la vie de Cormier. Il avait appris à mener les femmes et les hommes de son équipe. N'étant pas affecté aux géographies de Saint-Étienne, il traitait principalement d'affaires non violentes. Les plus compliquées consistaient à démanteler les réseaux de recel de ferraille qui s'étaient construits sur les décombres d'une industrie légère survivant à peine. L'intégration de sa femme fut plus compliquée. Elle n'aimait pas la région, elle voulait vivre dans une plus grande ville. Ils en parlèrent souvent, il finit par penser qu'il n'était là que de passage. Quand l'impression d'être à peine utile commença à le tarauder, il demanda sa mutation. Il attendit la réponse de son administration pendant deux ans, qu'ils vécurent en suspens.

La dernière chose que fit Cormier en tant que commissaire fut d'assister à la cérémonie du souvenir du Chambon-sur-Lignon, où il accompagna le préfet et une délégation départementale. Le préfet fit un discours sur les faits de résistance de ces hommes et femmes qui n'avaient pas ergoté sur la place du cœur, celui de la compassion comme celui du courage, et dont certains se tenaient dans l'assistance, frêles et penchés sur leurs cannes. Deux d'entre eux sortirent du rang et déposèrent une gerbe blanche au pied d'un monument pendant qu'une femme sans âge chantait, a capella et seule, le chant des partisans. Il n'y eut pas un bruit après qu'elle eut fini. On n'entendit plus que le crissement du gravier alors que les hommes débarrassés de leur offrande retournaient, courbés vers le groupe, comme des moissonneurs portant un fléau,

« pensif(s) et pas à pas vers le reste du blé[3] ». Le lendemain, Cormier et sa femme avaient déménagé.

Ils recevaient leur fils ce dimanche, en fin de matinée. Le soleil était maintenant haut. Dans le jardin, sous l'ombre des arbres présents depuis des dizaines d'années, avant même qu'ils achètent, Cormier et son fils attendaient le repas en jouant au ping-pong sur la table qui n'avait pas été utilisée depuis des mois.

Si Cormier avait perdu en habileté, sa gaucherie se dissipait en quelques sets, et le voilà qui reprenait le jeu de balles longues pour lequel il était connu dans le quartier pavillonnaire de son enfance. Cormier s'éloigna peu à peu de la table et prit le risque d'être contré par des amorties, mais l'effet qu'il plaçait dans les balles les rendait difficiles puisqu'incertaines au premier rebond. Son fils, lui, possédait l'avantage de la vivacité. Il était capable de compenser ses défauts de placement par la vitesse. Mais dès que l'échange traînait en longueur, le fils s'épuisait et perdait de tels points, rendant la partie équilibrée d'une façon que les Anglo-Saxons appellent « chaleur morte », aussi morte que celle qui plombait la fin de cette matinée dominicale.

Cormier aurait dû dire à son fils à quel point ces jeux le ramenaient aux instants heureux où il se perdait, jouant de la même manière à la fin des journées d'été contre un de ses camarades. Leurs matchs devenaient des méditations dans le soir qui montait, lorsque les

3 Victor Hugo, « Tombeau de Théophile Gautier », 1872.

deux adolescents se fondaient dans le crépuscule qui sentait la fumée des écobuages domestiques. On n'y voyait bientôt plus rien, on n'y entendait plus que le rythme régulier des balles rebondissant sur les carres d'aluminium, le crissement des pieds sur le gravier, les cris de joie dans l'obscurité croissante.

Il y avait eu – et il y avait toujours – pour Cormier deux sortes de jeux. Les premiers, ceux qui se finissent et que l'on joue pour gagner, et les jeux sans fin, que l'on joue pour le plaisir de jouer puisque personne ne les gagne jamais, chacun devenant plus grand que le jeu lui-même. Cormier était un homme qui aspirait à plus qu'une victoire. Quand il jouait les jeux « finis » qu'il était forcé de jouer, il jouait des balles longues. Le père de Cormier avait l'habitude de citer cette phrase de Géraldy : « À 40 ans, l'homme ne sait plus que travailler », mais Cormier ne pensait pas que cette phrase épuisât la vérité de ce qu'il vivait depuis ses 40 ans. Ce n'était pas le désir de vivre qui se levait chaque matin avec la seule certitude qu'on devait travailler dans un sillon éprouvé, c'était aussi celui du jeu imprévu au cœur de toutes choses et, tout flic qu'il était, Cormier attendait aussi de ses journées une nouveauté qui le réjouisse.

Lorsqu'il prenait le soin d'y réfléchir, l'idée du jeu elle-même était insuffisante à décrire une notion plus subtile qui veut qu'on ne trouve de réelle satisfaction qu'à la transformation, de son vivant, de chaque jeu fini, par quelque illusion personnelle d'immortalité, en une version sans fin prévisible. Cormier concevait donc que son activité pût servir au-delà du présent des gens qu'il protégeait, que ce travail s'adressait sans prétention aux générations qui s'annonçaient. Cette alchimie transformait les fils en pères, les filles en mères et, plus généralement, ceux qui cherchaient le trésor en des cartographes approximatifs mais bienveillants de leurs descendances. Quand la mère les appela pour déjeuner, le père et le fils jouaient à forces égales, ayant chacun à cœur de faire durer un échange qui ressemblait à une conversation.

À table, Cormier fut heureux de constater que son fils avait pris une assurance qui le rassurait. Une récente promotion lui permettait d'envisager de déménager plus près de son lieu de travail, réduisant de façon importante ses trajets quotidiens. Son fils lui avait fait part de son désir de quitter un quartier qui se dégradait, où les voitures neuves des riverains étaient fracturées pour un autoradio ou un sac oublié sur le siège. Il arrivait que des jeunes passent à mobylette aux petites heures du matin. Les femmes se faisaient plus rares quand le soir tombait. Une ambiance lourde était apparue, on se regardait sans bonté. L'endroit où son fils habitait n'était pas sous la responsabilité de Cormier. Il savait seulement ce que lui en disaient ses collègues et qu'aucune statistique ne capturait : la possibilité de la violence qui précédait la voie de fait en formait son ombre.

Le fils de Cormier avait hérité de son père, après des années de trouble, une capacité à considérer le monde avec calme. Il trouvait comme lui un plaisir à comprendre et, dans son entreprise, il s'était surpris à passer du temps sur l'étude des mécaniques entreposées dans le garage. Il avait aussi constaté que les plus anciens, parfois blasés de leurs années de service, s'animaient quand il les interrogeait sur des détails, prouvant qu'il n'était pas le seul à s'y intéresser. Là où il travaillait, le fils de Cormier croisait de jeunes employés comme lui, issus d'immigrations diverses, tous soumis aux mêmes arbitrages.

Ils en étaient au dessert. La mère était pompette, une atmosphère de légèreté s'était établie autour de la table qui donnait envie de rester exactement à cet endroit du temps et de l'espace. Pourquoi ne pouvait-il en être ainsi ? Cormier avait l'impression qu'une machine conduisait les hommes à produire ce dont ils ne voulaient pas à l'endroit précis où ils vivaient. Plus tard dans l'après-midi, quand son fils l'embrassa pour prendre congé, il se demanda par quels miracles on ralentissait les engrenages, plus précisément, comment il était possible d'introduire du *jeu* dans ces agencements de causes et d'effets. La machine à laquelle pensait Cormier n'était pas faite de seuls rouages économiques, elle se nourrissait aussi du spectacle et des rôles qu'endossaient les délinquants qui tombaient dans ses filets. Quand il pensait ainsi à la machine, Cormier retournait la critique à son égard, il s'incluait dans la troupe, se demandant quels rôle et spectacle il produisait lui-même.

La réponse que lui donnait sa fiche de paie était « policier », quand la vraie réponse était celle que lui donnait son fils. Être un père, participer sans pitié à la tâche du fils, voilà comment les engrenages ralentissaient.

20

L'été des 17 ans d'Ibrahim coïncida avec la période où se relâchaient les cadres scolaires, puisque tous les défis avaient été relevés. Il s'agissait plutôt d'un théâtre où élèves et professeurs faisaient acte de présence. Ibrahim se rendait le moins possible au lycée, gardait un contact proche avec ses camarades de l'extérieur : la bande à Mouss bien sûr, et aussi son cousin Djibril. Les tours de veille l'ennuyaient maintenant, il se sentait à l'écart de ceux qui l'entouraient, lesquels, depuis qu'ils avaient appris son changement de lycée et son entrée en première scientifique, le traitaient comme un personnage éphémère. Il avait rangé son Rubik's Cube de peur d'ajouter à l'étrangeté dans laquelle il était plongé. Il ne parlait plus à son père et maintenait une communication d'ordre purement alimentaire avec sa mère.

Il avait aussi pris pour habitude de fumer plus régulièrement quand il était chez Djibril, atteignant avec une précision croissante la phase d'euphorie ouatée qui précédait le haut-le-cœur. Ils jouaient, jouaient dans leurs labyrinthes, armes à la main, en tueurs de pacotille. Durant une de ces parties enfumées dans le petit appartement de Djibril, ils décidèrent, ivres de désœuvrement, de descendre à Nice pour récupérer une vingtaine de chaînes hi-fi « d'aspect neuf » et une autre dizaine, complètement neuves celles-là, que Djibril revendrait ici aux deux détaillants qui lui avaient demandé de la marchandise « changeant un peu de l'ordinaire ».

« On en profitera pour pousser sur Tourrettes, j'ai une copine qui vit là-bas et qui pourra nous héberger.

— Et moi, je dors avec qui ? demanda Ibrahim.

— Toi, tu te branles, comme d'habitude », répondit Djibril en riant.

Ibrahim partit dans les derniers jours de juin, après avoir dit à sa mère qu'il faisait un voyage de quelques jours avec Djibril, que Djibril avait quand même 22 ans, que c'était donc un adulte, qu'il savait où loger chez des amis dans le Sud. Il dit qu'il serait de retour dans trois jours, en soirée, qu'il avait bien le droit de vivre sa vie. Il prit un sac, y mit un change pour deux jours, une serviette de plage, un maillot de bain. Il se leva en ce matin de juin, s'installa dans l'utilitaire, descendit la vitre et monta le son, tout sourire à l'idée qu'il se passât enfin quelque chose. Et en route, bordel !

Dans la cabine, l'atmosphère s'allégea à mesure que les deux cousins quittaient leur banlieue. Djibril avait mis sa musique sur un appareil qu'il avait posé sur le tableau de bord. Il n'était pas friand du rap, de ce point de vue aussi il faisait figure d'exception. Son romantisme s'arrêtait à l'idée de se retrouver avec des problèmes judiciaires – le rap qu'écoutait Ibrahim parlait beaucoup de ce qui se passait après qu'on eut « fumé le rival derrière un cyprès » ou fait l'expérience de la centrale – et, plus généralement, dès que la justice pointait son nez dans une chanson, toutes péripéties qui n'inspiraient à Djibril qu'un intérêt documentaire. Il préférait la musique rythmée des chanteurs qui revisitaient la tradition. Ne maîtrisant pas l'arabe, il ne savait pas que ces chansons parlaient d'exil et d'amours contrariées. Dans son camion, il lui arrivait de répéter certains mots en boucle.

Quand il n'était plus soumis à la nécessité d'aller vite, Djibril se prenait à rêver d'un avenir professionnel d'un ordre de grandeur plus important. Djibril croyait en une théorie simple : la pauvreté résidait dans le sentiment acquis que rien ne fonctionne jamais. Ses plans étaient des plans d'action, les stratagèmes réussissaient toujours et le rendaient riche. Dans la cabine chauffant au soleil de juin, Djibril devenait l'homme des grandes idées.

Car il était d'une imagination têtue, il savait mélanger à la réalité ce qu'elle aurait plutôt dû être, élaborant par paliers un récit qui aurait pu s'appeler un « conte de faits ». Ayant un jour visité une usine

Thomson de la région parisienne dans le cadre de ses trafics sans envergure, il avait vu à l'arrière d'un hangar un entassement de cartons, certains éventrés et dévoilant des puces électroniques qui, de loin, ressemblaient à des cafards. Quand il avait posé la question à son guide de circonstance, un homme mûr aux cheveux ras et en bleu de chauffe, attendant ostensiblement sa retraite, celui-ci lui avait répondu que les cartons contenaient les circuits sur une des « pattes » desquels on avait repéré un défaut, qui les rendait inutilisables.

La grande idée de Djibril lui était venue lorsqu'il était remonté dans son camion, prêt à partir de l'usine. En s'appuyant sur le marchepied, il avait été saisi par le fait que les défauts empêchaient certaines applications, mais pas toutes. Si l'on prenait le temps de trier par catégories de défaut ces pièces, on pourrait vendre chacune de ces pièces défectueuses pour les applications qui justement ne seraient pas sensibles à ce défaut précis. Il avait rebroussé chemin avant de passer la guérite et demandé au manutentionnaire qui l'avait guidé s'il pourrait revenir débarrasser l'usine des cartons de pièces. L'homme avait ri de bon cœur en lui confirmant qu'il pourrait revenir quand il voudrait, qu'il lui filerait même un coup de main, puisque débarrasser l'usine de ses déchets faisait partie de ses fonctions.

Sa nouvelle lubie avait conduit Djibril à acheter des revues d'électronique, comme *Le Haut-Parleur*, dont il commençait à comprendre certaines grandes lignes. Notamment que les tests étaient assez simples, conduisant à un faible nombre de catégories de défauts. Il s'intéressa aussi aux filières d'achat, fit la connaissance d'un grossiste en composants installé à Saint-Ouen, qui achetait des surplus de pièces pour les revendre à un moment de plus forte demande. Il avait donc échafaudé un plan qui avait lentement pris corps et s'était appuyé sur l'achat d'appareils rudimentaires de mesure ainsi que d'un banc de test. Tout cela représentait au plus un mois de profit de son activité habituelle et, surtout, ne nécessitait aucune main-d'œuvre pour être mis en place, du moins avant la revente. Il était comme électrisé chaque fois qu'il en parlait. Il pressentait comment organiser la métamorphose de ces cafards électroniques et, tout à coup, il avait quelque chose à faire qui ne connût pas la limite judiciaire des marges du voleur.

L'autoroute du Sud était fluide, ils roulèrent pendant cinq heures sans s'arrêter. Les camions se doublaient dans des courbes presque désertes puis roulaient aux mêmes vitesses dans un ordre différent et stable jusqu'au prochain dépassement. Le tableau vu de loin n'était affecté que d'une permutation vide. Parlant par-dessus la musique, Djibril expliqua que les routiers changeaient de voie pour éviter la somnolence. Quand Ibrahim dit avoir besoin de pisser, son cousin lui tendit en souriant une bouteille en plastique vide qu'Ibrahim fit valser en le traitant de bouffon. La conversation s'orienta sur le programme des jours à venir.

Djibril avait l'intention de se rendre directement chez le fournisseur de matériel. Il avait eu la mauvaise expérience de se voir doubler lors d'une cargaison passée, un petit malin ayant pris la livraison avant lui. Il était prêt à risquer de mettre la marchandise dans son camion en espérant que personne ne s'avisât de le lui fracturer. « Cela devrait aller, car on quittera Nice immédiatement pour un village tranquille dans les hauteurs. » Djibril était détendu lorsqu'il convoyait des paquets dont il connaissait le contenu. Il évitait par exemple de rendre service à Mouss. Certes, Mouss payait mieux, et il savait combien cet argent devenait rapidement addictif, que le reste pâlissait en comparaison. Mais se retrouver dans les réseaux de trafic de drogue lui aurait fait courir un risque d'emprisonnement considérable, alors que le convoyage d'une vingtaine de chaînes hi-fi ne semblait pas être digne d'intérêt pour la police, ces jours-ci. Il n'avait pas l'intention de perdre sa liberté, et si la justice était l'ombre de la prison, la police était l'ombre de la justice.

L'aspect physique de Djibril était travaillé, son objectif étant de paraître rassurant. Il disait à cet égard qu'un Arabe rassurant était invisible. De taille moyenne, il ne détonnait pas dans un groupe, il avait expérimenté plusieurs tenues et plusieurs styles pour s'arrêter sur celui-ci : pantalon beige à pinces ou de type « chino », chemise de couleur claire, ceinture et chaussures en cuir marron. Il s'habillait comme quelqu'un qui viendrait d'intégrer une entreprise. De corpulence maigre, il avait le visage sec. L'arc de ses sourcils, directement hérité de son père, lui donnait un air étonné et, lorsqu'on le rencontrait pour la seconde fois, légèrement interrogateur. Pour se vieillir, il avait d'abord fait pousser sa barbe, mais quand la barbe était devenue un signe d'appartenance religieuse dans certains quartiers, il l'avait entièrement rasée, à l'exception d'une moustache relativement fournie.

Satisfait du résultat, il avait testé l'ensemble dans différents magasins du centre-ville, constatant qu'il ne faisait pas l'objet d'une attention particulière de la part des vigiles, qu'il pouvait facilement demander son chemin dans la rue. Il avait suffi d'ajouter un sourire à son visage pour parfaire le tableau. Il passait pour un adulte ou un grand frère responsable, à côté d'Ibrahim qui sortait à peine de l'adolescence, dont le visage était encore affecté des stigmates de l'enfance qui s'en allait, un duvet qui ne s'était pas transformé en barbe, des joues qui gardaient les traces d'une alimentation régulière, de l'acné qui s'installait.

Ils arrivèrent à Nice dans la soirée, se rendirent dans le quartier dit « Le Ray », situé entre la déchetterie nord et le stade. Ils se garèrent dans une rue d'un quartier d'immeubles de cinq étages, égayés de carrelages autrefois rouges. Djibril sortit du camion, alla sonner à l'interphone du bâtiment devant lequel ils se trouvaient. De la cabine, Ibrahim n'entendit rien de la conversation. Quelques minutes plus tard, un type d'une vingtaine d'années, en tee-shirt noir sans manches exhibant ses heures de pratique à la salle, s'avança vers le camion où Djibril était revenu l'attendre. Le type s'adressa en arabe à Djibril, qui lui répondit qu'il ne parlait pas la langue. Le type lui demanda donc en français de le suivre : « Je prends ma voiture, le lieu de chargement est à cinq minutes d'ici. »

Djibril hocha la tête, mit le contact en tâtant machinalement la poche droite de son pantalon – sûrement là où il avait mis l'argent.

Ils firent le tour de la résidence en suivant la voiture du type pour s'engager dans une rangée de boxes faiblement éclairée par deux lampadaires. Le type du cru arrêta sa voiture devant un box et fit un signe à Djibril. Il s'accroupit pour ouvrir la serrure du rideau métallique, qu'il releva avec précaution, essayant de faire le moins de bruit possible. Dans le box s'entassaient des boîtes en carton maculées de taches de graisse. Le type s'empressa de dire que le matériel n'était pas forcément neuf, que certains trucs venaient de villas de l'arrière-pays qui avaient été « visitées ». Djibril s'en foutait un peu, il ne voulait pas en savoir plus. Il demanda à ouvrir certaines boîtes pour en vérifier le contenu, ce qu'il fit sous l'œil du type athlétique.

Djibril avait en tête de revendre ailleurs que dans la région, pour ne pas se retrouver face à la police locale qui traînait sur les marchés. De plus, certaines marchandises venaient d'Italie, et la police italienne commençait à trouver pénible ce trafic nourri de cambriolages qui empoisonnait la vie d'habitants âgés, lesquels, comme partout, trompaient la mort en votant, notamment les budgets de la police. Djibril finit son inspection et, en se relevant, confirma qu'il prenait le tout. Il constatait l'émergence d'une concurrence sur le matériel de contrebande. Les Chinois de son coin avaient commencé à s'approvisionner en direct. Il gardait en tête une cargaison récente qu'il avait dû finir par solder. Ses produits étaient proches de ceux apparus sur les étals des familles chinoises dans les marchés des environs de la résidence.

Le type, de son côté, prévint Djibril qu'il ne trouvait pas son compte dans ce business où la marchandise se paie au poids ou par unité de volume, à un prix de plusieurs ordres de grandeur inférieur à celui d'autres marchandises, moins légales, plus risquées, mais plus rémunératrices. En tout état de cause, le type voulait passer à des choses plus importantes, il avait un plan dans la résine pour faire du demi-gros à Nice. Ce business d'électronique était sans avenir, les prix se cassaient la gueule, les machines devenaient obsolètes à la vitesse de l'éclair. Si c'était pour se retrouver à vendre au Maghreb et sans marge l'équipement dont ne voulaient plus les Français, cela n'avait plus d'intérêt. Les Chinois structuraient leurs filières, ils n'auraient plus besoin de faire le recel de trucs qu'ils produisaient de toute manière. Le vol s'était structuré à un échelon supérieur, prenait la forme de forces macroéconomiques sur lesquelles personne dans l'entourage de Djibril ne pourrait jamais capitaliser, fût-ce illégalement. Djibril tendit une liasse au type, qui la compta deux fois avant de la mettre dans la poche de son short.

Dans son camion, Ibrahim dit à Djibril qu'il avait trouvé le type à la fois heureux et minable. Djibril reprit Ibrahim en y opposant l'habituelle neutralité qu'il affichait presque toujours vis-à-vis de ses contreparties en affaires : chacun faisait du mieux qu'il pouvait. Il n'était ni minable ni grandiose, il essayait, et

Djibril essayait lui aussi. S'ils n'avaient pas fait affaire avec ce type, un autre leur aurait donné le même prix et la même marchandise. Cela valait aussi pour Djibril, qui vivait avec la conscience aiguë qu'un autre que lui aurait à son tour payé le même prix et acheté la même marchandise. Mais même si chacun était remplaçable, dans chacune de ces transactions, chacun obtenait la même possibilité de faire un profit, et, avec ce profit, la même possibilité d'être libre. Et il fallait s'estimer heureux que la myriade d'alternatives où un autre que Djibril aurait fait affaire ne se soit pas produite. Il n'y avait aucune raison d'être oblique : de chaque revendeur croisé, Djibril se sentait redevable. Ce qui comptait dans l'océan de possibilités, c'était de bien faire son travail, et de donner confiance à ses contreparties pour qu'elles répètent l'exercice avec votre petite personne plutôt qu'un concurrent. Là-dessus, on pouvait, selon Djibril, faire une différence.

Dans la montée qui mène de Nice à Vence, le bruit du moteur se fit insistant et poussif. Djibril jura. Il mit les feux de détresse et se rangea sur le bas-côté. Il jura encore, cette fois-ci en incriminant les Chinois, jugeant sans doute que les marges qu'il leur abandonnait du fait de leur concurrence l'empêchaient de changer de véhicule. Djibril coupa le contact une fois le camion imparfaitement garé sur le bas-côté. À Ibrahim, qui le questionnait, il répondit que le moteur avait 200 000 kilomètres et qu'il avait tendance à chauffer. Il fallait attendre, la vieille rosse était frissonnante. Djibril baissa la tête avec un soupir de découragement, Ibrahim vit dans sa tête baissée les traits de son oncle lorsqu'il l'avait surpris dans la chambre du propriétaire mort. Juste sous le mirage de la liberté pointaient les os du désastre, ceux du camion qui tombait en panne loin de chez soi et faisait s'évaporer les gains insuffisants.

Ainsi à l'arrêt sur cette route déserte, avec leur plaque d'immatriculation sur un camion de chantier, ils risquaient d'attirer l'attention de la maréchaussée. Djibril avait beau être habillé d'une manière qui évoquait la plus parfaite intégration, s'être laissé pousser une moustache prenant toute la lèvre et qui le rattachait à la communauté surannée et rassurante des moustachus bonhommes, il s'exposait à la plus banale des éventualités policières. Il avait le regard fixe, inquiet. Il savait qu'il ne pourrait expliquer la présence de matériel de cette nature dans un camion immatriculé ailleurs. Des gens comme eux ne pouvaient se permettre de tomber en panne.

Ibrahim évaluait les conséquences. La police allait les poirer, il dormirait au poste, puis il serait transféré, sa mère viendrait à nouveau le chercher – ou peut-être qu'elle en aurait assez –, et il retrouverait sa chambre en attendant un jugement qui l'aiguillerait dans une voie aux parois hautes et glissantes. Il lui faudrait alors vivre avec un avenir court, amputé de quelque chose dont il connaissait vaguement l'existence, qui lui semblait précieux, qu'il ne savait pas définir et se trouvait principalement dans le futur. Il se demandait à quel âge les offenses devenaient impardonnables ; tôt pour les gens comme lui, tard pour les mieux lotis. C'était quand même bien cela le problème : l'inégalité devant le crime, puisque les bourgeois, qui avaient appris à voler de leurs propres mains, ne se retrouvaient jamais dans un camion exténué, sous la lune, à attendre qu'on les cueille. Un bruit comme un froissement régulier scandait l'espace. Ibrahim se dit qu'il devait entendre les éoliennes qu'il avait aperçues plus tôt au loin dans la montée avant que la nuit ne soit tout à fait tombée.

Ayant patienté une dizaine de minutes sur cette route où passaient de très rares voitures, Djibril se pencha pour actionner la trappe qui ouvrait le capot. Il sortit inspecter le moteur. Ibrahim le vit tendre la main à plat pour tester la température générale de la machine. La posture de Djibril donnait l'impression qu'il adressait un geste d'apaisement à destination d'une bête de somme. Une voiture de marque allemande passa en trombe en rasant le camion, Djibril la suivit des yeux, la main encore tendue sur le moteur. Il revint dans la cabine et remit le contact, le moteur démarra sans autre forme de procès, on n'entendait plus les harmoniques graves qui avaient conduit à l'arrêt. La diode de température des huiles s'était éteinte. Djibril reprit prudemment la route, qui bientôt fut réduite à une seule voie, et commença à s'exprimer de façon plus rythmée en termes de virages et de dénivelés.

Au bout d'un moment, on eut l'impression que la route venait à manquer d'inspiration : on avait atteint Vence. Ils traversèrent la ville presque sans interruption : la signalisation s'était mise à l'orange clignotant dans les rues vides. Ils firent quelques kilomètres de plus, passèrent des ronds-points, vestiges futurs d'audaces appiennes. Quand ils furent arrivés à Tourrettes-sur-Loup, Djibril prit un virage sec sur la gauche, engageant le camion sur une route raide qui fit craindre pour le moteur. Au deuxième portail, il mit le frein à main et descendit l'ouvrir, manœuvrant ensuite le camion dans la cour, près d'une Fiat Panda à la carrosserie bicolore. Il coupa le contact et ressortit fermer le portail.

« C'est ici. Je vais prévenir Béatrice. »

21

Elle habitait dans une maison provençale, sorte de maison d'hôte séparée d'un mas plus important qu'investissait à la haute saison un couple de Hollandais à la retraite, férus de marche en montagne. Béatrice veillait sur l'ensemble de la propriété et, en échange, s'acquittait d'un loyer symbolique que ses activités sur les marchés lui permettaient de payer. Elle avait rencontré Djibril sur un de ces marchés, à l'époque où il essayait de refourguer son matériel électronique sur un stand de fortune installé à l'écart des fruits et légumes.

En ce temps-là, il dormait dans son camion et se lavait aux fontaines des villages au lever du jour. Djibril avait vu venir vers lui une fille à la peau très mate, aussi grande que lui, portant un sarrau de grosse toile bleue sur un tee-shirt qui faisait la promotion d'un festival du fromage de chèvre. Elle marchait pieds nus et lui avait demandé, avec un improbable accent du nord de la France, combien il prenait pour un lecteur de CD portatif. Sur le coup, il avait cru avoir à faire à une romanichelle égarée. Comme il était là pour vendre, il lui avait donné un prix inventé sur l'instant et qu'il imaginait qu'elle refuserait. Il fut surpris de la voir sortir les billets.

Alors que les stands commençaient à être démontés, Djibril avait vite rangé sa marchandise et repris la route. Au sortir de la ville, il avait recroisé Béatrice, qui faisait du stop d'une façon étrange, pointant l'index dans la direction évidente du trafic d'une main et, de l'autre, tendant son pouce. Il s'était arrêté et lui avait demandé où elle allait. « Tourrettes », avait-elle répondu. Quand ils arrivèrent à la villa, elle lui proposa de prendre un verre dans la cour. Djibril commença à croire qu'il lui plaisait. Il lui plaisait, mais elle était libre elle aussi et ne voulait rien de pesant dans sa vie.

Elle avait quitté sa famille d'origine espagnole qui vivait dans le Nord, avait fait la route jusqu'à Nice, puis avait trouvé un travail sur les marchés et rencontré ce couple avec qui elle s'était liée d'amitié. Depuis, elle vivait chez eux. À 20 ans, sa seule possession notable était la voiture qui dormait dans la cour, qu'elle avait récupérée de ses logeurs. Elle améliorait son ordinaire par de menus travaux dans la maison.

Djibril avait simplement accepté sa chance, il ne demandait pas plus. Il avait essayé plusieurs fois de tester quel genre d'emprise il pouvait avoir sur elle. Chaque fois, elle avait réagi de manière déconcertante, indifférente quand il partait, heureuse qu'il l'appelât, lui disant à quelques reprises qu'« en ce moment, ce n'était pas possible », ce qui pouvait tout autant signifier qu'elle avait d'autres aventures ou qu'elle travaillait ailleurs quelque temps. Djibril ne savait rien d'elle à part son prénom, son numéro de téléphone et le goût de ses lèvres. Aussi, quand il avait appelé pour dire qu'il descendait, il s'était attendu à une fin de non-recevoir. Elle l'avait à nouveau surpris en lui proposant de dormir chez elle les deux soirs où lui et son cousin seraient dans le Sud. Il fut entendu qu'Ibrahim resterait dans le salon ; ainsi avait-elle accepté aussi, sans le dire explicitement, que Djibril dorme dans son lit à elle.

La lumière à la fenêtre s'était allumée, Béatrice était sortie, vêtue d'un débardeur blanc sur un short très court. Affectant un air endormi et lascif, elle embrassa Djibril, puis fit un signe accueillant et nonchalant à Ibrahim. Djibril sortit de l'arrière du camion un sac qui contenait son change, tendit le sien à Ibrahim, puis Béatrice leur montra le chemin. Elle dit qu'elle se levait tôt et qu'il valait mieux que les deux visiteurs dorment dans le salon ce soir-là. Djibril protesta, mais elle l'ignora avec superbe. Dix minutes plus tard, la lumière était éteinte dans sa chambre, où elle se coucha seule.

Dans le salon, Ibrahim et Djibril se regardèrent. Ibrahim était à la fois soulagé et gêné que Djibril dorme avec lui sur le canapé. Les cousins avaient accumulé une fatigue qui les rendait patauds. Ils se lavèrent rapidement et se couchèrent tête-bêche. Ibrahim, qui n'avait presque rien mangé de la journée, s'endormit avec dans le ventre le bruit d'une porte qui grinçait. À 5 heures, ils entendirent la Fiat Panda manœuvrer dans la cour, ils surent ainsi que Béatrice était partie. Ils se rendormirent et se levèrent tard, vers 11 heures. Béatrice avait sorti de quoi petit-déjeuner sur la table de la cuisine. Vers midi, Djibril dit qu'il allait se mettre en quête d'un garage pour refaire l'huile du camion, il soupçonnait que le problème venait de là. Ibrahim et lui prirent la route qui retournait à Vence et, près de l'entrée de la ville, aperçurent une station-service à l'ancienne, accolée à un garage. Ils s'arrêtèrent devant l'entrée, un type d'une vingtaine d'années en tee-shirt sale vint à leur rencontre.

Ibrahim sortit du camion et s'écarta pour admirer le paysage. Il n'avait aucun intérêt pour la mécanique, son oncle avait raison. Dans les collines, on voyait des villas perdues dans des îlots de verdure qui allaient s'espaçant en montant vers les crêtes. Les garrigues verdissaient le tableau après la limite de constructibilité ; plus haut, la montagne était blanche. Ibrahim pensa qu'à l'intérieur de ces villas confortables étaient menées des vies difficiles à comprendre pour lui. Il essayait d'imaginer les gens qui habitaient ces endroits avec piscine, isolés du monde extérieur. Ne lui venaient à l'esprit que les visages lisses de personnages connus de séries télévisées ou bien de stars faisant la couverture des magazines qu'on trouvait aux caisses des grandes surfaces.

Il savait pourtant qu'il se trompait, ces maisons n'étaient pas celles que choisissaient les icônes du succès dont on faisait commerce sur les médias de masse. Ce n'était pas cela, le vrai luxe, celui-ci ne se voyait pas depuis un garage le long d'une nationale. Il comprenait que ces mas provençaux et ces résidences à la vue de tous étaient habités par les gens qu'il avait croisés en ville, à la retraite d'une vie passée dans des périodes de croissance et, surtout, sûrs de leur bon droit dans des maisons qui leur ressemblaient. Quand il était chez lui, il errait dans des rues dont les habitations ne ressemblaient à personne, elles étaient occupées par des gens qui n'étaient pas différents de lui. Il aurait pu pousser l'une des portes de ces immeubles, n'importe laquelle. Il aurait pu monter aux étages et, profitant de l'ouverture d'un des appartements, entrer et s'installer dans la chambre au fond du couloir, dans laquelle on avait collé l'affiche d'une star quelconque, dont la fonction serait de marquer un territoire homogène. Il se serait senti immédiatement chez lui. Ici, il n'y avait rien à marquer, ce qui s'offrait à ses yeux, c'était un paysage de portes fermées.

Djibril avait acheté un bidon d'huile pour reconduire la jauge. Le jeune dégingandé de la station avait jeté un œil au moteur sans y voir de réparations urgentes à faire. Il avait resserré un écrou sur un tuyau qui fuyait, ou avait fui, on ne savait pas, mais il valait mieux, et puis c'était gratuit. Ils rentrèrent chez Béatrice après avoir mangé en ville sur une terrasse où l'on avait mis des parasols portant la marque de la boisson aux couleurs chaudes, légèrement alcoolisée

– donc festive – qui serait lancée cet été. Des gens étaient sur le pied de guerre dans des services marketing situés à des kilomètres d'ici et avaient lancé leur campagne. Il était rassurant de constater qu'Ibrahim et Djibril avaient été intégrés à la cible commerciale. Après tout, ils étaient, eux aussi, des consommateurs.

Ils ne firent rien de particulier pendant le reste de la journée et, après avoir trouvé des cartes dans un des tiroirs de la cuisine, ils jouèrent en évoquant les plans de Djibril pour se faire de la thune. Celui-ci sortit de sa poche un cube de résine, roula un joint qu'il alluma et, après avoir tiré quelques taffes, le passa à Ibrahim. Djibril évoqua la nécessité de « protéger son business ». Il ne pouvait pas contrôler son fournisseur. Cela ne faisait aucun doute que Djibril avait été imprudent lorsqu'il s'était vanté de la félicité de son affaire en indiquant trop clairement ses sources. Il était outré que ses minuscules activités se retrouvent infestées de passagers clandestins. Il arriva à la conclusion qu'il lui faudrait leur donner une leçon. Porté par les premières vagues d'une euphorie désinhibée, il conçut l'idée très simple de fracturer le box des Chinois et d'en vider le contenu. Avec un peu de chance, ils comprendraient qu'il fallait s'arrêter. Au pire, il récupérerait une partie de la marge qu'ils lui avaient volée. La logique de l'idée sembla limpide à Ibrahim, il se voyait bien de toute façon travailler avec son cousin. Autant commencer par là.

En fin d'après-midi, Béatrice rentra et, s'approchant dans une sorte de pas de danse, embrassa Djibril, qui était sorti dans la cour pour l'accueillir. Elle ne s'embarrassa pas de la présence d'Ibrahim, elle retira son sarrau et se retrouva en sous-vêtements dans la cuisine. Ibrahim détourna les yeux, Djibril sourit de sa gêne. Elle partit prendre une douche et, comme elle s'attardait dans la salle de bains, Djibril la rejoignit. Ibrahim sortit dans la cour après avoir fermé la porte et s'assit sur une chaise longue devant l'entrée. Il resta à lire un journal local qu'il avait trouvé sur une table, s'efforçant de ne pas penser à son cousin et à Béatrice.

Quand les amants réapparurent, ils firent comme si de rien n'était. Djibril était habillé différemment, d'un short dans lequel il avait passé une chemise blanche. Il avait les cheveux mouillés et plaqués. Béatrice s'était aussi changée et avait enfilé une robe noire qui lui dégageait les épaules. Ses cheveux, qu'elle avait laissés libres, gouttaient sur sa robe. Elle proposa d'aller chercher des pizzas au camion qui stationnait près de l'entrée de la nationale. Ils descendirent la côte dans la voiture de Béatrice, attendirent leur commande sur le terre-plein qui faisait office de parking. Quelques clients les regardaient en essayant de comprendre cette association d'un jeune Maghrébin moustachu à l'allure sérieuse, d'un autre, adolescent, habillé en supporter d'une équipe rivale, et d'une fille qui ressemblait à une gitane avec un accent du Nord. Ibrahim craignait d'être pris à partie sur ce territoire qu'il ne connaissait pas. Dès qu'on est désœuvré, la guerre des regards sert de distraction.

Il tourna les yeux vers des zones neutres du terre-plein, sans personne à affronter. Au bout de quelques minutes, leurs pizzas furent prêtes. Ils prirent les cartons brûlants sur lesquels était collé un prospectus aux couleurs vives, portant jeu et coupon de réduction, puis remontèrent en voiture, cap sur Tourrettes.

On installa une table dans le jardin, Béatrice alluma une lampe de camping fonctionnant au gaz. Djibril roula un joint et, deux heures après, les trois avaient atteint un état d'euphorie qui les faisait éclater de rire au moindre mot. Ibrahim saisit le prospectus, lut à haute voix la question « Qu'emporteriez-vous en enfer ? », Béatrice dit qu'elle prendrait des graines pour faire pousser toutes sortes de plantes comestibles. Ibrahim lui répondit en riant qu'il emporterait du cash, et Djibril, qui avait compris qu'on lui demandait ce qu'il emporterait en prison, fut d'accord avec Ibrahim. Béatrice éclata d'un rire moqueur.

Elle parla d'aller se baigner. Djibril proposa d'aller sur la plage, Béatrice avait plutôt en tête de squatter la piscine d'une maison située sur les hauteurs de Vence, qui avait été en travaux durant des années et où elle n'avait jamais vu personne depuis que ceux-ci étaient achevés. Ils montèrent tous dans la voiture, Béatrice donna les clés à Djibril. Il était approximatif dans ses gestes, ralenti par le joint. Elle lui dit qu'il conduisait comme un donneur d'organes, et partit d'un fou rire dans lequel se noyait sa frayeur. Puis ils gardèrent le silence, exagérant leurs chuchotis à l'approche de la maison désignée par Béatrice. Ils passèrent par un trou du grillage et, s'étant faufilés jusqu'à la piscine qui se devinait dans l'ombre de la villa, ils retirèrent la couverture d'hiver qui flottait sur l'eau, en riant le plus bas possible.

Ibrahim fut le premier à plonger, avec son caleçon. Djibril aida Béatrice à se déshabiller pendant qu'elle essayait de l'embrasser. Elle se jeta elle aussi à l'eau, vêtue de sa seule culotte, Djibril la suivit dans le même habit. Ils restèrent tous trois dans la zone où l'on avait pied. Ibrahim nageait mal et commençait à s'effrayer de la masse d'eau noire devant lui qui semblait l'aspirer dès qu'il y plongeait la tête. Béatrice le regardait, ses seins blancs juste au-dessus de la surface et, avec une voix enjouée, annonça qu'elle embrasserait – « roulerait une pelle » furent ses mots – celui qui saurait rester la tête sous l'eau, les yeux ouverts, le plus longtemps.

Djibril donna une bourrade dans le dos de son cousin, qui trébucha dans l'eau, et, comme il se remettait d'aplomb, il sentit la main de Djibril lui pousser la tête sous l'eau. Il trompa son angoisse en se jetant sur Djibril, le ceinturant pour le faire tomber à son tour. Béatrice leur dit d'être plus discrets, qu'ils allaient se faire gauler. Elle envoya Djibril deux pas à sa gauche, Ibrahim deux pas à sa droite et leur donna le top départ d'une voix basse et grave.

Quand il s'accroupit, plongeant sa tête entièrement, les yeux grands ouverts sous la surface, Ibrahim fut saisi de terreur, aspiré par un néant dont il imaginait qu'il contenait le monde réduit à son ombre. Les circonstances avaient disparu, le jeu qu'il avait joué, la route qu'il avait prise, la vie étroite, seul restait un vide immense dans lequel il se trouvait jeté. Il fallait tout faire avec rien, se dit-il. Le temps lui-même se dilatait, il eut l'impression qu'il pourrait rester indéfiniment prisonnier de cet endroit. Sous l'empire de la drogue, son esprit s'était figé dans le présent, incapable de penser à l'instant d'après. Tout se jouait ici et maintenant.

Puis il eut l'impression qu'une main le poussait dans son dos. Car un autre sentiment prit le pas sur sa stupeur. Il vit dans l'eau vide de projets un problème à sa taille, qu'une simple action de sa part pourrait résoudre. Il eut l'impression qu'une autre personne entrait dans son théâtre intérieur, une personne qui considérait comme un défi raisonnable le néant qu'il habitait pour un geste de Béatrice. Il avait plongé dans une eau noire comme l'encre, forcé d'y ouvrir les yeux, on l'avait béni d'un objectif: un baiser qui se gagne. Dès qu'il pensa ainsi, un silence fit taire son angoisse.

À la limite de l'asphyxie, il sortit la tête de l'eau dans un cri et vit Djibril et Béatrice qui le regardaient en riant. Ils étaient surpris qu'il ait pris le pari au sérieux. Elle l'éclaboussa de la main, ses seins suivant à leur manière le mouvement de son bras, et elle se jeta à l'eau, là où ils n'avaient plus pied, puis disparut pour réapparaître la tête tournée vers le ciel cloué d'étoiles, passant ses mains dans ses cheveux noirs et brillants.

En rentrant chez Béatrice, ils croisèrent des adolescents assis sur un banc, avec à leurs pieds un pack de bières entamé. Dans la voiture, chacun estima avoir une chance phénoménale. Ibrahim dormit à nouveau dans le canapé du salon, Djibril et Béatrice partagèrent ce soir-là la même chambre. Ibrahim entendit leurs ébats, qu'ils essayaient d'étouffer, et calma son excitation par les moyens du bord. Quelques heures plus tard, quand le silence se fut fait et qu'Ibrahim dormait profondément, il fut réveillé en un sursaut léger et vit dans sa surprise ensommeillée le visage de Béatrice s'écarter du sien. Quand il passa la langue sur ses lèvres, une saveur qui ne lui appartenait pas s'y était déposée. Béatrice s'était redressée dans un mouvement souple et définitif et, sans se retourner, avait pris le chemin des toilettes, dont elle sortit quelques minutes plus tard. Ibrahim, à demi redressé, torse nu dans la pénombre, la vit lui sourire, sa beauté mêlée au danger, avant de rentrer dans la chambre où dormait Djibril. Cette nuit-là, Ibrahim garda les yeux ouverts sans trouver le sommeil. Il était indiscutablement heureux. Le seul reproche qu'il adressa alors au monde, avec l'espoir d'être entendu, c'est de ne pas répéter bien souvent les instants de grâce.

Ils partirent le lendemain matin, la tête lourde des excès de la veille, après avoir petit-déjeuné avec Béatrice. Elle n'avait pas lancé de regard appuyé à Ibrahim, elle n'avait rien laissé paraître, son baiser nocturne était taillé dans une étoffe évanescente. Djibril et elle s'embrassèrent puis hochèrent la tête au moment du départ. Ils arboraient tous les deux un sourire timide. Elle lui dit au revoir, il lui répondit qu'il reviendrait sûrement durant l'été. « On verra », lança-t-elle. Sur la route qui descendait vers l'autoroute, Djibril parla à Ibrahim de Béatrice. C'était en substance une fille super, mais trop libre, qui ne s'attachait pas, et ça tombait bien, il ne s'attachait pas non plus.

Djibril ne comprenait cependant pas pourquoi les quelques aventures qu'il entretenait près de chez lui étaient dépourvues de légèreté. Elles semblaient se dérouler, au contraire de ce qu'il vivait quand il venait à Tourrettes, sous le régime contrarié de la promesse et de la jalousie. Ibrahim prenait peu part à cette conversation : il n'avait pas d'aventures et vivait dans un monde désespérant, dont les femmes étaient absentes. L'unique fois où il avait approché une fille de son lycée, qui lui avait semblé le regarder avec un peu d'insistance, il avait mal choisi son moment. Et parmi ses amies, la belle, sertie comme une pierre, l'avait ignoré. Il n'avait pas essayé de nouveau. Il en souffrait. Il espérait qu'une occasion se reproduirait – et qu'il la saisirait.

À la suite de cette escapade, Ibrahim entrevit un troisième monde, à côté de celui où trônait Mouss et de celui organisé par sa mère. Il y réfléchissait en visualisant son avenir, allongé sur le lit une place de sa chambre, avant de sombrer dans le sommeil. Ce monde lui était accessible, il demandait d'être malin et entreprenant comme Djibril. On n'y maniait pas de fusil, on n'y donnait pas de coups et, avec un peu d'habileté, on n'en prenait pas non plus. On ne se retrouvait pas à l'aube éclaboussé de sang devant le cadavre d'un homme ou d'un animal. On était seulement un peu plus intelligent, un peu plus industrieux, on essayait une fois de plus que ses concurrents, et on gagnait sa vie.

Sur son lit d'adolescent, il échafaudait des combines en déplaçant par la pensée des marchandises qu'il obtenait dans des pays lointains pour les revendre dans son quartier. Il imaginait acheter en gros des stocks invendus d'électroménager dans les usines françaises mourantes de la vallée du Grésivaudan pour les revendre au détail au Maghreb, finançant son fonds de roulement par une commercialisation agressive de cannabis dans un autre quartier et pour un temps très court. Ibrahim se prit à admirer le sérieux de Djibril comparé à la violence larvée de Mouss.

La ruse, voilà le mot qu'il cherchait, la ruse rendait les choses possibles. Et cette ruse contenait quelque chose de plus que la violence, une ironie séduisante qui attirait l'attention de filles comme Béatrice. Car Béatrice avait l'air de trouver de l'intérêt à Djibril. Ibrahim finit par penser qu'elle était attirée, au fond, par la même chose qui lui plaisait chez Djibril, c'est-à-dire la légèreté narquoise d'une pensée qui s'étendait aux affaires comme aux relations entre les êtres et cherchait partout les combinaisons gagnantes, exigeant de chacun l'attention la plus vive. Voilà ce que voyait Ibrahim quand il laissait vagabonder son imagination, en plus des fantasmes adolescents qu'il avait cristallisés sur Béatrice et qu'il devait apaiser plusieurs fois par jour en s'enfermant dans la salle de bains.

Ibrahim comprit qu'il y aurait peut-être une focale, ni trop proche ni trop détachée, qui permettrait de rencontrer les filles qui l'ensorcelaient et semblaient le surplomber de leurs manières indifférentes. Il avait jusqu'alors formé des rêveries adolescentes, des créatures, à partir des images myopes de magazines ou des écrans. Cette fantasmagorie immature lui servait de sexualité sommaire où les femmes étaient réduites à l'état d'objet. Dans le même temps, à l'opposé de ces béquilles masturbatoires, comme les compensant, Ibrahim imaginait des demoiselles au cœur tout inventé animées d'un amour absolument romantique. Entre ces dernières et les créatures des magazines, il semblait n'y avoir aucun rapport.

Béatrice avait introduit le désordre dans ces oppositions de caricatures, pointé la boussole de son désir sur un cap autrement plus ambitieux. Il existait des filles sensuelles, libres et déterminées. Les rencontrer, les séduire plutôt, exigeait un double effort. Le premier, évident, étant de comprendre le caractère théorique de la pornographie qu'on nous servait. Le second, bien moins flagrant, demandait d'abandonner l'idéal désincarné. En vérité, d'accepter la disparition des demoiselles. Ce qui voulait dire en retour devenir soi-même un homme pour qui l'objet du désir était placé à la bonne distance entre l'ange et la bête. Ibrahim n'en était pas là, il mit des années à donner une forme concrète à son intuition amoureuse et devant lui se trouvait entier l'apprentissage conduisant à domestiquer certaines parties intempestives de son corps. Il n'en restait pas moins qu'en repensant à Béatrice il se dit que les femmes libres étaient celles qui rendaient libres leurs amants. Et, sans qu'il ne pût non plus l'exprimer d'une façon aussi claire à son âge, régna sur lui à partir de ce moment-là une nostalgie de cette liberté commune au sein de toute alternative amoureuse à venir.

22

Une semaine après leur retour, Djibril appela Ibrahim, lui demanda de venir chez lui en fin d'après-midi et de prévenir sa mère qu'il rentrerait tard. Quand Ibrahim arriva, vers 17 heures, Djibril annonça que le temps était venu de reprendre l'initiative face à la concurrence. Il avait eu un mal fou à placer le matériel qu'il avait remonté du Sud, les marchés locaux étaient encombrés de marchandise à peine moins illicite et, surtout, nettement moins chère. Elle était vendue par les familles chinoises qui s'étaient installées dans les années quatre-vingt, dont les enfants avaient compris l'avantage qu'il pourrait y avoir à éviter le trafic de drogue, dangereux et fermé, pour se placer dans les interstices d'un système commercial qui entrait dans la première phase de sa croissance exponentielle.

À terme, ils deviendraient commerçants, cela valait mieux que la prison qui attendait quiconque s'intéressait à la drogue. Djibril savait de façon certaine – il avait fait plusieurs missions de reconnaissance – que le gros de leur approvisionnement était entreposé dans quelques boxes fermés par des cadenas banals afin de ne pas attirer l'attention. Son plan avait le mérite de la simplicité. Ils iraient après minuit fracturer les serrures et récupérer le contenu d'un des boxes qui avait été livré la veille. Le signal à l'intention de la concurrence serait clair et simple à comprendre. La marchandise serait revendue dans un endroit éloigné de là. Djibril avait besoin d'un guetteur, ce n'était pas compliqué. Ibrahim était partant.

Les deux cousins tuèrent le temps jusqu'à l'heure dite en jouant chez Djibril. Vers minuit, ils descendirent dans la rue vide et calme. Djibril avait repéré les lieux la veille, il avait fait le compte des quelques caméras de surveillance installées par la mairie. Celle qui était placée au début de la rue avait été endommagée en début de semaine, et donc, dès que l'on s'engageait dans la rangée de boxes, on se trouvait dans une zone aveugle. Afin de préserver leur anonymat, il plaça un ruban de chatterton sur les plaques d'immatriculation de sa camionnette afin qu'elles fussent tout à fait illisibles. Il enfonça sur sa tête une casquette de couleur sombre qui lui cachait jusqu'aux yeux et demanda à Ibrahim de faire de même.

Ils se garèrent au fond du cul-de-sac qui finissait par un trottoir aveugle donnant sur une pelouse, séparée d'une centaine de mètres de la première barre d'immeubles, dont quelques fenêtres solitaires étaient encore lumineuses. Djibril sortit de son camion le cric et en posa l'entame sur le sol tandis qu'il plaçait le taquet sous la poignée du box. Ibrahim se tenait à ses côtés avec une lampe de poche pour l'éclairer. Au bout d'une dizaine de tours de manivelle, on entendit résonner un craquement sec dans la rangée, indiquant que l'attache de la serrure avait cédé. Un morceau de béton se détacha du sol, tenu par le cadenas à la porte, qui retrouvait son degré de liberté principal. Djibril demanda à Ibrahim de se tenir près du camion et de surveiller la rue.

Accoudé à une des fenêtres encore allumées de l'immeuble le plus proche, un homme qui avait du mal à dormir profitait de la fraîcheur du soir. Il fut distrait de ses pensées par le craquement de la serrure, et son regard se porta naturellement dans la direction du bruit. Il distinguait mal à cette distance, mais il devina un mouvement de lumière, et il lui sembla qu'on s'affairait auprès d'un des boxes. Cet homme décela aussi dans la pénombre deux silhouettes portant des boîtes. Elles se déplaçaient du garage vers une zone d'ombre où ces fantômes se dissolvaient. L'homme était un habitant concerné par son quartier. Il avait vécu la dégradation des conditions de vie d'une classe qui n'aurait pas dû connaître autant d'affronts. Il décrocha son téléphone et appela le commissariat, prévenant qu'une activité bizarre et potentiellement délictuelle se déroulait dans les garages de sa résidence.

Cormier était assis sur le siège du passager dans la voiture banalisée qui patrouillait ce soir-là. L'officier qui conduisait était une recrue dont Cormier s'était promis de faciliter l'intégration professionnelle, d'où la présence du commissaire, rare lors des maraudes. Ils ne se trouvaient qu'à quelques minutes de distance quand la radio leur transmit le signalement. Cormier suggéra à son compagnon d'équipage d'éteindre ses phares et de ne pas mettre la sirène. Quand Ibrahim crut entendre un moteur s'approcher, l'absence de phares créa une dissonance cognitive qui endormit pendant quelques instants sa perception du danger, instants pendant lesquels la voiture banalisée tourna dans l'impasse avant d'allumer ses lumières.

En sortant du véhicule, Cormier et son conducteur virent sur leur droite un homme d'une vingtaine d'années, les bras chargés d'une boîte plus large que son torse, vraisemblablement extraite du box ouvert non loin de là. Près de la porte du camion, un adolescent se tenait debout, comme hypnotisé par les phares qui l'aveuglaient. Cormier cria « Police ! ». Djibril laissa tomber la caisse et se rua sur l'utilitaire en poussant Ibrahim, qui trébucha. Cormier, comprenant qu'il pouvait faire face à un camion bélier, se précipita vers les deux délinquants tandis qu'Ibrahim se relevait, tournant la tête vers le commissaire. Distinguant précisément dans la frayeur du moment les traits de Cormier, Ibrahim sut qu'il avait été reconnu lui aussi.

Par réflexe, Ibrahim s'enfuit vers le fond de l'impasse. Il fut submergé dans le même temps par une nausée qui lui fit perdre l'équilibre, et vomit dès qu'il se trouva sur la pelouse au bout de l'allée. Cormier avait sorti son arme de service, il avait mis en joue Djibril, qui s'était assis au volant de son camion. La mise en joue fit revenir Djibril à la réalité. Il leva les mains et les laissa visibles dans la cabine. Tandis que Cormier le tenait en respect, son coéquipier, ayant ouvert la porte côté conducteur de la camionnette, passa les menottes à Djibril, dont le visage était blanc et vide dans la lumière jaune.

Une demi-heure plus tard, Djibril fut placé en cellule en attendant qu'on reçoive sa déposition complète. Ne sachant que faire ni où aller, Ibrahim rentra chez lui, espérant que sa mère ne soit pas levée. Il rangea ses habits souillés dans un sac plastique qu'il plaça sous son lit. Une migraine terrible le saisit et le sentiment de confusion devant la tournure des événements l'emplit d'une lassitude qui le fit s'écrouler sur son lit et plonger dans un sommeil sans rêves.

Avant de remonter dans son véhicule où l'attendaient Djibril et son chauffeur, Cormier se baissa et ramassa la casquette qu'avait perdue Ibrahim dans sa fuite. Il l'épousseta d'un geste distrait en regardant dans la direction des bâtiments d'où était venue l'alerte, puis il l'essaya machinalement en la posant quelques instants sur sa tête. Puis Cormier regagna la voiture banalisée et s'assit sur le siège passager en indiquant au conducteur qu'on en avait assez vu pour aujourd'hui. « On rentre », ajouta-t-il.

Assis à son bureau, au cœur de la nuit, Cormier se sentait lui aussi las des schémas répétitifs. Il avait reconnu Ibrahim, il se demandait ce qui l'avait dissuadé de se lancer à sa poursuite. Ou de tout simplement l'attendre au bas de son immeuble, puisque le gamin ne pouvait aller nulle part ailleurs. Il se l'expliqua par le fait qu'il aurait dû poursuivre une bête traquée et que, ce soir-là, il avait trouvé cela repoussant. Il revit la silhouette d'Ibrahim qui se découpait sur les parois aveugles éclairées par les phares de sa voiture banalisée. Il pensait à cette lumière qui créait par ses ombres et ses clartés des perspectives sur les murs des parkings, évoquant un labyrinthe où avait fui Ibrahim au plus loin de son méfait.

La gifle de la mère d'Ibrahim lui revint en mémoire, et il se demanda comment les choses pouvaient s'arranger si la claque d'une mère ne parvenait pas à éviter les catastrophes. Qui ferait mieux dans l'ordre du salut ? Il avait bien vu, lui, dans les vomissures et la peur, qui était Ibrahim, juste avant qu'il chute dans les engrenages de la machine.

Devant lui étaient posés les effets de Djibril. Des colifichets pris dans ses poches : son téléphone, un briquet, de la monnaie, des clés qu'on utiliserait en perquisition. Cormier actionna machinalement le briquet, et le gaz, à chaque coup, s'enflammait. Au huitième essai, le téléphone de Djibril vibra ; un message de Mouss s'afficha sur l'écran : « Où est ton cousin ? Qu'il m'appelle, j'ai besoin de lui demain. » Lentement,

Cormier prit le téléphone et le déverrouilla avec le code extorqué à Djibril.

Cormier voulut tenter un pari. Sans hésiter, il inscrivit le message suivant : « On a cassé le box des Chinois. Ibrahim m'a cramé. Je vais le tuer dès que je sors de chez les flics. » Ce à quoi Mouss répondit immédiatement « Efface », puis plus rien. Alors Cormier rédigea son compte rendu et assura n'avoir vu ce soir-là qu'un seul homme dans l'air bas de la nuit, sous la blancheur d'un clair de lune. Comme au tennis de table, voilà comment on jouait, proprement, une balle longue dans la nuit de sa ville.

Quand il se réveilla aux pauvres heures du matin, Ibrahim fut pris à nouveau d'une nausée, qui le fit se précipiter hors de sa chambre. Sa mère se leva à son tour, alluma et paniqua à la vue de son fils penché sur la cuvette, courbé tel un homme saoul. Elle le pressa de questions. « Qu'y a-t-il ? » « Veux-tu que j'appelle un médecin ? » « Attends, je t'apporte de l'eau. » Pendant qu'elle s'affairait dans la cuisine, Ibrahim sentit ses côtes se contracter sur un estomac déjà vide et vouloir extraire des éléments plus intimes qu'aucun haut-le-cœur ne pourrait éjecter. Il s'assit sur le sol, un bras sur la cuvette, fit un geste las pour refuser le verre que lui tendait sa mère. Après avoir repris son souffle, il parvint à lui dire qu'il avait sans doute mangé un truc périmé chez Djibril. Épuisé, il retourna se coucher sans vraiment dormir, pris dans l'attente angoissée du désastre qu'il imaginait.

Mais toujours le soleil mal renaît dans le ciel ancien. Au matin, Ibrahim se leva de son lit, il se lava à l'eau froide pour aider son corps à se rétablir. Il exécuta les gestes habituels, s'attendant à chaque instant au coup de théâtre d'un émissaire qui viendrait sonner à la porte. Sa mère le considéra avec inquiétude et finit par abandonner l'idée d'entamer, pour le moment, une conversation. Il descendit l'escalier à la manière d'un condamné que l'on conduirait à l'échafaud, craignant que le couloir d'un immeuble banal ne débouchât sur une place de grève. Il s'approcha de la potence d'un arrêt de bus et attendit. Puis il monta dans le bus et poinçonna son ticket. Il descendit à sa station. Devant les grilles de son lycée, il hésita, il commençait à croire que personne ne s'était lancé à sa poursuite. Il ne vit sur les visages qu'il croisait rien de plus que l'indifférence habituelle.

À mesure que la journée passait, Ibrahim sentait le sang couler à nouveau normalement dans ses veines, comme un membre engourdi par une posture fixe tenue trop longtemps retrouve sa motricité par des fourmillements temporaires. Il commença alors à s'inquiéter pour Djibril. Il envoya plusieurs messages qui restèrent sans réponse. Bien qu'il n'eût pas assisté à l'arrestation, il se doutait que son cousin n'était plus libre.

À la fin des cours, il décida de se rendre à l'immeuble des deals dans l'espoir que Mouss eût plus d'informations. Le bus le déposa à quelques centaines de mètres et il finit le trajet en marchant. Les jeunes qui occupaient les entrées d'immeubles le regardaient sans répondre à ses saluts. Il se sentait épié de façon hostile. Quand il arriva à l'endroit où il se postait d'ordinaire pour travailler, la chaise en raphia était occupée par un autre adolescent qu'il avait déjà vu traîner dans la cité, dont il connaissait la brutalité et le surnom. Il avait surtout une tête à mettre le Nutella au réfrigérateur. Mouss, d'une poussée sèche de l'épaule, se dégagea du mur où il fumait. Sans lui laisser l'occasion d'approcher plus, il l'interpella : « Djibril est en taule à cause de vos affaires, il va te tuer. T'es cramé, je veux pas te voir ici. Dégage avant qu'il t'arrive malheur, à toi ou à ta famille. »

Ibrahim se figea sur place, l'angoisse lui noua la gorge. Il se situait à cent pas de son paradis, rejeté dans les limbes. Il trouva la présence d'esprit de demander à Mouss, d'une voix qui bientôt s'étranglait, s'il savait où Djibril avait été embarqué. Mouss lui répondit qu'il avait entendu parler d'un transfert à la centrale de la ville voisine. Et si Ibrahim insistait encore, Mouss était prêt à lui offrir un aller simple pour Gifles-sur-Yvette. Il ajouta qu'il n'avait pas envie de se retrouver dans les petites affaires des cousins, que la place d'Ibrahim était chez sa mère, ou chez son père, mais pas ici. Certainement pas ici. Au bord des larmes, Ibrahim rebroussa chemin sous les regards narquois de la communauté des guetteurs dont il s'était fait chasser.

Dans les jours qui suivirent, Ibrahim prit la mesure de sa perte. Avec l'arrestation de Djibril, il voyait réduit à néant son espoir d'entrer dans un monde où la réussite était enfin possible par l'application de son ingéniosité. Il avait honte de l'avouer, mais il avait pensé à appeler Béatrice, « pour lui annoncer l'arrestation de Djibril » – c'est ça, mon cul, hein, tu voulais la choper, oui. Mais il savait bien qu'il l'avait perdue elle aussi, qu'elle n'aurait rien à faire de ces histoires de prison. Pourquoi donc voudrait-elle peindre des barreaux à sa fenêtre et leur donner le nom d'Ibrahim ? Cormier lui avait claqué au nez la porte des magouilles et avait placé derrière cette porte fermée le monde sensuel entrevu par Ibrahim.

23

Les Algériens disent que l'on est seul lorsque l'on se drogue, lorsque l'on meurt et lorsque l'on est envoyé en prison. Quand Djibril y passa sa première nuit, il fut seul dans sa cellule et n'eut rien d'autre à penser qu'au lendemain et au chemin qui l'avait mené là. Pour la première fois de sa vie d'adulte, il ne fit rien d'autre que d'attendre.

Une semaine s'était écoulée avant qu'Ibrahim ne décidât de faire le trajet jusqu'à la centrale. Il s'était levé tôt un samedi, sortant discrètement de chez lui pendant que sa mère dormait. Il ne voulait plus, depuis peu, lui mentir sur les petites choses comme sur les grandes. La semaine dernière, il avait trouvé les coordonnées de la centrale et avait navigué pendant une heure au téléphone entre les opérateurs des différents services, certains indifférents, d'autres sensibles à la jeunesse de sa voix, pour arriver sur la personne en charge des visites de l'étage où se trouvait Djibril.

Par son lien de parenté, Ibrahim fut autorisé à une heure de visite ce samedi matin. On lui avait dit d'apporter une pièce d'identité, il l'avait récupérée dans le tiroir où sa mère rangeait les documents administratifs. Il s'était aussi renseigné sur les moyens de transport qui lui permettraient de se rendre en temps et en heure à la centrale.

Les gens qu'il croisa sur son chemin ne différaient pas des habitués du samedi matin, des ménagères allant au marché avec leurs cabas, des étudiants qui se rendaient en cours, des élèves plus jeunes, plus réservés de se trouver dans un lieu public. Il descendit près du centre et attendit sa correspondance à un arrêt qu'il ne connaissait pas. Quand il monta dans le bus, l'ambiance avait changé de façon subtile. Il y avait encore les ménagères, mais les étudiants et les élèves étaient descendus quand lui était monté. Le bus était moins rempli, on pouvait s'asseoir.

Il nota que des femmes maghrébines de l'âge de sa mère étaient assises au fond du bus, habillées avec soin, portant corsages récemment repassés et jupes strictes descendant au-dessous du genou. Certaines avaient couvert leur tête d'un fichu. Il nota aussi que les femmes noires de peau qui étaient assises ne ressemblaient pas à celles qui allaient au marché, certaines portaient des habits traditionnels aux couleurs vives, là aussi d'une sophistication qu'on devinait à la fois festive et triste. Ce monde de femmes allait à la noce et descendrait devant la prison.

À l'arrêt près de la prison, le bus se libéra des femmes assises, de quelques hommes en costume et d'Ibrahim, habillé en jeune de son âge. Une file se forma devant le bâtiment de crépi rouge aux encorbellements de brique noire. Au-dessus de la porte cochère, la devise de la France fournissait un contrepoint explicatif aux missions de l'établissement. Le soleil tapait sans pitié sur la pauvre troupe qui attendait. On entra par une porte simple située à gauche de la bâtisse. Ibrahim déclina son nom et la raison de sa venue. Il posa son sac sur le détecteur de métaux, passa le portique, se retrouva devant un fonctionnaire qui confirma son identité et celle de celui qu'il nous faut bien appeler son hôte.

Il s'assit dans une salle d'attente éclairée par la lumière du jour, où il retrouva certaines des femmes qu'il avait observées dans le bus. Ici, leur noblesse apparaissait plus clairement en contraste sur les murs beiges. Comme il était le seul de sa classe d'âge, il se sentit observé, ne sut comment répondre à la curiosité qui l'entourait autrement qu'en sortant un livre de son sac, ce qui ajouta à son malaise. Il ouvrit un de ses cours de mathématiques au chapitre de la géométrie plane, essaya de se concentrer sur des figures en forme d'étoile, ou plutôt, reproduisant le moyeu central d'une roue entouré de ses rayons.

Un fonctionnaire pénitentiaire entrait dans la pièce à intervalles réguliers, appelant des noms, et les personnes assises se levaient une à une. Puis on appela le sien, il se leva pour suivre le fonctionnaire. Dans une salle intermédiaire privée de fenêtre, on lui demanda de laisser son sac et de vider le contenu de ses poches. Il fut ensuite fouillé, le fonctionnaire ouvrit une porte à barreaux qui menait à un couloir éclairé par une lampe à incandescence à la lumière ocre et faible. Au bout de ce couloir se trouvait une autre pièce à la géométrie scindée d'une vitre, éclairée de néons froids dont l'un clignotait par intermittence, émettant un grésillement de démon.

Le sol avait été rendu au béton brut, par endroits semblait affleurer la terre d'où se dégageait une puissante odeur mêlée de salpêtre et d'œuf pourri. « On est en train de refaire le sol », expliqua le fonctionnaire en faisant entrer Ibrahim. Devant lui se trouvait une chaise en bois sur laquelle il s'assit, à sa gauche était pendu un combiné téléphonique sans cadran, le destinataire de l'appel n'avait pas besoin d'être précisé. Derrière la vitre, le même paysage se répétait dans la pénombre : une chaise, un combiné, des néons au plafond sous une plaque en Plexiglas opaque, pour l'instant éteints.

Par un jeu d'optique, Ibrahim voyait son visage aux yeux inquiets se refléter dans la vitre, à la manière d'un feu sans chaleur. Il constata qu'il s'était allongé, qu'il avait maigri. Ses traits s'étaient creusés, sans doute sous l'effet des récentes nuits habitées de mauvais rêves ; l'ombre qui ornait ses yeux lui donnait un air féminin qu'il n'aima pas. Il pensa qu'il avait une meilleure allure quand il avait plongé sa tête dans l'eau sombre de la piscine *nigredo* où il avait gagné un baiser. Qui pouvait savoir quel visage on avait dans la solitude ? Au lycée, le prof avait dit, pour intéresser une classe de physique indifférente, que la matière observable ne représentait qu'un tiers de la totalité de la matière et de l'énergie contenues dans l'univers. L'essentiel manquait donc autour de nos silhouettes. Il pensa à ce fait indubitable en regardant son visage entouré d'ombre, qui lui semblait se découper comme une icône inquiète sur les ténèbres. Voilà le visage que la physique avait vu quand elle avait tourné ses télescopes vers une prison plus vaste.

Puis, graduellement, son visage lui parut prendre une expression plus amène, il vit qu'il lui souriait avec bienveillance ; Ibrahim sentit monter en lui une joie qu'il ne s'expliqua pas, qui ne dépendait d'aucun phénomène. La réalité était pourtant qu'il était libre, que personne ne s'était lancé à sa poursuite sans qu'il puisse s'expliquer ce miracle. Le reflet qu'il voyait lui sourire en silence ne cachait aucun autre secret. À cet instant précis, Ibrahim eut honte de sa joie d'homme indemne.

La lumière apparut de l'autre côté de la vitre, le reflet s'évanouit. Ibrahim fut tenté de se lever à l'entrée de son cousin, mais la formalité de son geste l'arrêta à mi-course. Djibril entra, habillé des vêtements qu'il portait lors de la nuit de son arrestation, propres et froissés. Il était rasé, sa moustache mal taillée et ses cheveux plaqués, une raie sur la droite. Il ressemblait à lui-même, seul son regard le trahissait ; il regardait d'une manière éteinte Ibrahim qui avait saisi le combiné. Il avait maigri et paraissait chétif dans sa cage. Il s'assit, le garde referma la porte derrière lui, laissant les deux cousins chacun seul dans son clos de terrarium.

Djibril saisit à son tour le combiné et parla le premier :

« Comment vas-tu ?

— Ça va. Et toi ?

— Moyen, je ne sais pas quand je sortirai. J'avais un casier, ça compte, soupira Djibril.

— Putain, je ne savais pas pour le casier. Je voulais passer plus tôt mais je n'ai pas pu, j'avais l'angoisse qu'ils me chopent aussi.

— Je comprends, acquiesça Djibril. Tu as raison de t'être tiré. Moi, je vais prendre du ferme.

— T'es sûr ? Il n'y a quand même pas mort d'homme ?

— Tu sais, quand on se retrouve dans une impasse, le plus simple est de faire demi-tour, mais le système judiciaire, une fois lancé, ne te le permet pas. »

Djibril avala sa salive.

« Aucune de mes clés ne tourne dans cette serrure. Je vais prendre deux ans, l'avocat me l'a dit. Il faut que tu préviennes mon père, j'espère que je pourrai cantiner. Quelle merde ! C'est cool d'être venu, je commençais à devenir fou. Voilà de quoi j'ai l'air maintenant, d'un Arabe en taule qui cantine avec sa famille au bled. Comme tout le monde. Mon père bute un mec et c'est moi qui prends pour de la camelote de Chinois.

— Je ne sais pas quoi faire pour t'aider, c'est complètement dingue de te voir ici.

— Si j'avais eu un peu plus de chance, si on m'avait laissé tranquille, j'étais sûr de monter des plans carrés, je le sais. Mais la réalité ce n'est pas ça. La réalité c'est que j'ai perdu comme un con et que maintenant je me retrouve à dealer avec cette fausse monnaie de merde, un Arabe en prison, un pauvre mec qui ne sait rien faire d'autre de sa vie que voler. L'argent, je peux le regagner, mais le temps, ce n'est pas possible. Merde ! »

Et sur ce juron, la voix de Djibril s'étrangla.

Ibrahim le regarda, ne sachant pas comment réagir. Il dévia la discussion sur le sujet qui l'intriguait.

« Je suis allé voir Mouss, il m'a dit que tu l'avais texté le soir où on a été chez les Chinois. Tu lui as dit que t'étais chez les flics et que t'allais me tuer.

— Jamais de la vie ! Comment j'aurais pu ? Ce sont des conneries.

— Je ne vois pas trop comment c'est possible non plus. Et puis je ne t'ai pas planté, je ne vois pas ce que j'aurais pu faire d'autre que de me barrer », se justifia Ibrahim.

Djibril l'observa pendant une seconde, la bouche légèrement ouverte, une lueur ardente dans les yeux. Puis il ajouta tout doucement, comme s'il avait voulu cacher son secret d'oreilles indiscrètes :

« Je n'ai pas envoyé de message à Mouss, les flics m'ont pris toutes mes affaires, et mon téléphone était dans les mains du commissaire. Le bâtard ! C'est lui qui a mis l'embrouille. Qu'est-ce que c'est que ce bordel ? »

Ibrahim ne sut quoi répondre, il eut l'impression qu'on l'avait brusquement déshabillé.

« Putain, le bâtard, pourquoi toi ? » répéta Djibril d'une voix sans éclat.

Derrière la vitre, le visage de Djibril s'était rembruni de colère, les jointures de sa main droite devinrent blanches et, d'un geste brusque, il rabattit le combiné sur la table en Formica. Le garde entra à la volée et lui cria de cesser ce boucan. Il ajouta que la visite était terminée, que chacun rentre chez soi. Djibril se leva sans opposer de résistance ni se retourner vers son cousin de peur de le maudire, puis il sortit de la pièce les mâchoires serrées.

Quand Ibrahim se retrouva à l'air libre, à l'entrée de la bolge, la bouche râpeuse du sel de sa stupeur, un vent sec et chaud s'était levé qui semblait le transpercer. Il marcha vers l'arrêt de bus, prêt à faire le trajet dans l'autre sens avec les mêmes gens qu'il avait croisés à l'aller. Il s'attendait à ce que le monde soit incohérent de coïncidences, le punissant ou le récompensant sans explication. À ce moment, il lui sembla possible que tout ce qui réussit soit le résultat d'une conspiration du bien dont il serait *de facto* le prisonnier. Il savait que Cormier était au centre de la manipulation dont il était l'otage. Mais un otage dont on aurait attendu un geste. Il avait tout à la fois l'impression d'avoir reçu une gifle et un ordre de marche de quelqu'un qu'il ne connaissait pas. La mère d'Ibrahim l'attendait pour déjeuner. Il lui dit qu'il avait été voir Djibril à la centrale.

« Encore fourré dans des mauvais coups, celui-ci, déplora-t-elle. Je t'ai déjà dit que je ne voulais pas que tu traînes avec lui.

— T'inquiète pas, maman, on dirait que rien ne peut m'atteindre », répondit Ibrahim.

L'été avançait, une longue journée à la fois, tel un monstre lent, dans la lourdeur de la vague de chaleur qui enserrait la France. Depuis que Cormier l'avait déraciné de sa terre infertile, Ibrahim ne savait plus quoi faire de lui-même. Durant ces semaines où il se retrouvait quasi seul, il traîna avec quelques vagues connaissances, quand elles-mêmes n'étaient pas occupées à servir Mouss. Il resta à la marge des trafics et s'ennuya.

Il dînait avec sa mère, parfois avec son père et sa femme. Le plus souvent il dormait, regardait la télé, jouait aux jeux qu'il avait rapatriés de chez Djibril. Quand il était trop las, il enfourchait son BMX pour faire des tours dans le quartier en perfectionnant sa navigation en roue arrière. Au détour d'une de ses sorties, il revit les Chinois qui faisaient leur tai-chi sur le terre-plein derrière l'immeuble où avait eu lieu l'interpellation. Parfois, pour s'amuser, les mômes du quartier singeaient leurs gestes d'oiseaux de mer. Ibrahim s'aperçut qu'il n'avait jamais fait attention à la fluidité de leurs mouvements ni à leur rythme. En les regardant, il s'imagina un liquide qui prenait la forme d'un vase alors qu'ils dansaient leur vieille danse de vieux.

Ici, face à ces oiseaux à la gueule brûlée de leur vieillesse, Ibrahim eut une révélation qui lui fit monter les larmes aux yeux. Il comprit que personne ne le recherchait. Il n'avait pas besoin d'avoir peur ni de fuir. Ibrahim pensa à son père qui n'avait pas eu cette chance – ou bien alors il fallait s'imaginer qu'Ibrahim fût la chance de son père. Quand cette chance était donnée, Ibrahim comprenait qu'il fallait la saisir avec gratitude. Son père lui apparut dans une banalité humaine qui avait changé de nature et serait celle des moyens, non plus celle des résultats, son métier, son mariage, sa situation, en somme. Son père s'était trouvé aux prises avec un événement qui ne lui avait pas laissé d'autre choix que d'en être le jouet. Au contact du monde qui l'avait pris au col, il avait fait ce qu'il avait pu. Son oncle aussi avait fait ce qu'il avait pu, quand bien même ils avaient fait des choses différentes. Mais, contrairement à Ibrahim, aucune bienveillance n'était venue équilibrer l'injustice subie d'avoir fait ce que l'on pouvait : aucun *deus ex machina* n'avait ouvert la possibilité de faire ce qu'on ne pouvait pas faire.

Au centre de cette vision qui s'élargissait, Ibrahim se revit, comme s'il s'était agi d'un autre, vomir dans l'allée. Il se dit que, en fait, personne n'était innocent – son père et son oncle étaient responsables, Djibril était responsable, Cormier était responsable –, qu'être innocent, c'était n'être rien. Pour être innocent, il fallait vivre sans fin dans l'enfance, qu'aucun acte définitif ne venait perturber. Or, le temps s'accumulait, et avec lui naissait la responsabilité. Ibrahim se découvrit responsable d'avoir accepté l'ambiguïté d'un monde qui lui offrait une chance et la refusait à Djibril. Les choses ne venaient jamais une par une, elles se contredisaient sans cesse, il n'y avait pas de solutions, seulement des compromis bancals comme celui-ci : Ibrahim était libre et Djibril dormait en prison.

La chance d'Ibrahim s'était incarnée dans le pari d'un officier de police.

Le mystère de la volonté individuelle restait pour sa part entier, qu'Ibrahim fasse des efforts ou non dépendait d'inclinations intimes. Dire la vérité des circonstances, c'était ne plus se tromper de mystère. Cette charité dénuée de pitié d'un seul coup obligeait Ibrahim, le poussait vers l'avant, il eut l'impression de grandir vers des paysages plus compliqués que les rues de son quartier. Pendant un instant bref, il eut conscience qu'un espace séparait sa réalité de cette vie qu'il était appelé à vivre.

Ibrahim ne fut plus, cet été-là, un spectateur impassible. Il alla chercher les machines qui dormaient dans l'appartement de Djibril. Plutôt que d'y jouer, il se plongea dans les aspects plus techniques de l'établissement des connexions en réseau. De fil en aiguille, il rejoignit une communauté de passionnés qu'il ne rencontra jamais et ne connut que par forums interposés. La machine finit par faire ce qu'il lui demandait, l'objet de ses attentions changea, car le cœur suit la main. Quand il se souvenait de ses rêves de magouille, il pensait aux enfants trop vieux dont lui avait parlé sa mère, ceux qui restaient sur les manèges et voulaient trop facilement attraper le pompon. Il consacrait une partie de son temps à résoudre son Rubik's Cube.

Les correspondances qu'il avait établies entre les couleurs des faces et leurs personnalités supposées avaient fait place à des incarnations. Son esprit avait associé désormais les couleurs à des personnes. Et quand il reconstruisait l'homogénéité des couleurs, il imaginait former le visage qui leur correspondait. Le rouge était son père, le jaune sa mère, le bleu Djibril, chaque couleur avait sa face. Et il lui semblait que la sienne était là aussi, qu'elle apparaissait à la fin, quand il avait mis en ordre les cinq autres, à la manière d'une conséquence inévitable de l'ingéniosité implacable de ses gestes.

Il se demanda quel était le nombre maximal de mouvements nécessaires pour reconstituer le cube à partir d'une position quelconque. Il arriva à la conclusion empirique que le chiffre était de vingt – la réponse exacte est dix-sept. On n'était donc jamais loin de la solution, quel que soit l'apparent désordre. À la fin de l'été, il descendit sous les vingt secondes. Dans le brouillard, des combinaisons indifférentes, d'étroits tunnels de visibilité s'étaient ouverts.

24

Le nouveau lycée d'Ibrahim se trouvait en centre-ville. Pour s'y rendre, il prenait en sens inverse le bus qui l'avait mené à la centrale. Cet endroit ne ressemblait en rien à l'établissement qu'il avait fréquenté jusqu'alors.

Le changement de décor fut stupéfiant pour Ibrahim. Le premier jour, il se trouva devant une bâtisse du XVIIIe siècle, où l'on passait par une porte cochère avant de pénétrer une cour intérieure, couverte d'une verrière de facture plus récente. Une autre cour à ciel ouvert, moins usitée, communiquait avec la première. Autour de chacune se trouvaient deux étages de salles de classe en coursive orientées vers le centre. Un dépaysement d'un autre genre le frappa également, car, dans son ancien lycée, il côtoyait d'autres Maghrébins, des Noirs et quelques Asiatiques. Ici, chaque personne qui lui ressemblait se voyait comme le nez au milieu d'une figure incommodée. On comptait un Arabe – lui – dans cette cour fébrile où chacun se cherchait, et c'était tout.

Il y a peu, quand il insultait ses camarades sur leurs caractéristiques physiques, il recevait comme monnaie d'échange une insulte. Leur racisme était pour ainsi dire de fraternité. Chacun faisait partie en quelque sorte du même camp, où l'on se saisissait de n'importe quel outil pour obtenir l'avantage. Cette volonté de ne rien oublier dans l'insulte était tout autant un respect qu'une agression. Dans son nouveau lycée, l'exclusion était plus sournoise. Il se sentait seul face à une indifférence polie qui visait à le tenir à distance. Il était à l'écart et s'asseyait auprès de gens qui lui adressaient la parole comme on donne une pièce. Or il ne cherchait ni la pitié ni l'aumône, il pensait : « Vous ne vous débarrasserez pas de moi ainsi, je ne suis pas un déchet qu'on ignore ou bien qu'on enjambe. » Les soirées entre élèves commençaient à s'organiser et il n'était pas convié, les camarades allaient au café, mais il n'avait pas l'argent nécessaire.

Ibrahim rencontra José dès les premiers jours de la rentrée, tous deux étaient à la recherche de leurs classes. José était le fils d'immigrés portugais qui avaient connu l'exil économique peu après la fin de la dictature. Le père était d'abord parti en Allemagne pour travailler sur les chantiers, laissant la mère à Braga, dans le nord du Portugal. Lui aussi avait détesté la solitude dans laquelle il s'était trouvé en Bavière, la langue qui le tenait à distance, avec la perspective de ne jamais être plus qu'un invité. À la fin d'un contrat de six mois, il avait pris le chemin de la France et trouvé une place chez un plombier-chauffagiste qui lui avait mis le pied à l'étrier. Sa femme l'avait rejoint, laissant José à sa grand-mère. José se souvenait à peine de cet abandon qui dura trois ans, puis il partit pour la France. De ce nouveau pays où il passa sa petite enfance lui restaient les souvenirs de la dureté du climat et de la lumière grise qui se posait sur la ville en hiver. Au début, ils avaient tous vécu dans la même pièce, où sa mère effectuait des travaux de couture. Puis, quand ses frères jumeaux étaient nés, l'amélioration de leur situation leur permit de louer une chambre de bonne dans le même immeuble, où José s'installa.

Les parents de José et ses frères restèrent au rez-de-chaussée de la tour d'ivoire, le père commença à rêver un peu à son avenir. Il avait monté sa propre entreprise de plomberie et, à l'occasion, développé sans complexe un racisme du dernier arrivé qui lui faisait mépriser les Arabes, qu'il considérait comme peu fiables, aux habitudes de travail approximatives. Dans sa cave, le père de José travaillait le cuivre, sa grande passion. Il coudait des tubes, façonnait des évasements, comprenait pratiquement les conséquences corrosives des alliages. José passait des heures avec lui, d'abord fasciné par le côté spectaculaire de cette sidérurgie de voisinage. Par curiosité, son père s'était intéressé aux calculs de plomberie qui présidaient aux dimensionnements pratiques et semblaient répondre à des régularités.

Car le père de José se posait parfois lui aussi des questions théoriques, mais n'y répondait pas. Il avait placé dans une bassine un tourniquet en cuivre au centre duquel se trouvait une prise d'eau qu'il mit sous pression, et le tourniquet tourna – naturellement qu'il tourna. Mais quand le père y brancha sa pompe de vidange, inversant le sens de la pression, aspirant donc l'eau de la bassine qui était pleine, le dispositif ne tourna pas dans le sens inverse : il resta fixe et le père ne comprit pas pourquoi. José se souvenait de cette expérience.

Mais, quand il eut compris le phénomène après qu'il fut devenu ingénieur, après qu'il eut appliqué les équations sur les lignes de fluide, il ne put l'expliquer à son père, puisque d'une part il aurait fallu que son père accédât à un comparable niveau d'abstraction, mais aussi pour la raison irrémédiable qu'on n'expliquait rien à la tombe d'un cimetière au nord du Portugal, accueillant le retour infiniment retardé de ses enfants déracinés.

José s'habillait de vêtements soignés, il rappelait Djibril à Ibrahim, dans sa manière d'être attentif. Derrière cette image se cachait la honte d'être le fils de la concierge, qu'Ibrahim troquait avec lui contre la honte d'un code postal à la mauvaise réputation. José était bon élève. Il n'était pas brillant, comme le devenait Ibrahim. Surtout, il était travailleur, il pensait que pour les paresseux le monde ne changeait pas malgré les efforts, quand les courageux croyaient qu'il changeait lentement du fait de l'effort fourni.

En classe de mathématiques, ils s'asseyaient l'un à côté de l'autre. À la fin des cours, il arrivait qu'Ibrahim explique ce qui avait été obscur pour José. Le fait est qu'ils ne furent plus seuls. Leur amitié fut rapidement essentielle. Ibrahim avait tout laissé derrière lui. Il ne fréquentait plus ses anciens acolytes qui gravitaient autour de Mouss ou avaient intégré les filières professionnelles, certaines choisies, d'autres imposées. Il ne retourna pas voir Djibril, mais pensait souvent qu'il devrait le faire. Le souvenir de l'odeur du parloir le retenait et lui soulevait le cœur rien que d'y songer.

Dans son nouvel environnement, il se découvrit pauvre, d'une pauvreté sans camaraderie autre que celle de José. Il comprit qu'autour de lui on consommait sans cesse et que la vie qu'il menait était restreinte. Ces gens s'habillaient, ces gens voyageaient, ces gens partaient en vacances dans des maisons secondaires. Parfois, il voyait sur les tables des livres neufs qui rassemblaient des savoirs complémentaires, des annales qui permettaient une préparation aux examens. José l'emmena voir la librairie sur quatre niveaux qui regroupait, aux yeux d'Ibrahim, tous les livres, avec, au dernier étage, un lieu de revente des livres usagés. Cette circulation matérielle qu'il observait derrière une vitre l'excluait de l'entrée à la sortie, il n'avait rien à échanger et ne pouvait s'empêcher de regarder ce manège de marchandises qui ne faisait qu'exacerber les différences.

Chez José, il y avait des crucifix et des images pieuses, chez la mère d'Ibrahim, il n'y avait aucune trace de la religion, hormis un verset du Coran stylisé dans une main de Fatma qui protégeait du mauvais œil. Chez son père, il n'y avait rien : « Chacun bat sa monnaie, avec la monnaie de la religion, on s'achète des choses dont seuls tes parents veulent », lui avait un jour confié son père. Pour plaisanter, Ibrahim dit un jour à José qu'il ne pouvait plus venir manger chez lui entouré de ces icônes christiques. Ce à quoi José demanda s'il était sunnite ou chiite. Ibrahim répondit avec un sourire qu'il était chiite depuis peu. Lui aussi avait ses curés, ses imams et son messie qui reviendrait un jour après s'être caché aux yeux des hommes. José lui répondit que c'était bien, il reviendrait avec Jésus, le messie des juifs, quel que fût son nom, et aussi Sébastien Ier, roi caché des Portugais. « Ne me demande pas pourquoi les Portugais pensent que leur roi reviendra à Lisbonne après s'être caché cinq siècles. » Ibrahim s'était interrogé sur la religion des formes de vie conscientes qui existaient, sans qu'on les connût, sur des planètes lointaines. Il en conclut que les idées des imams qu'il voyait traîner autour de Mouss étaient minuscules.

Ibrahim gardait pour lui la subtilité de ses pensées, car tout ce qui s'exprimait avec nuance lui coûtait. Les cours de français lui arrachaient la langue et la main, ceux d'histoire le perdaient dans des enchaînements auxquels il se sentait étranger. Quelque chose d'important avait dû se perdre pour que son oncle possède une telle maîtrise de la langue, ayant peu étudié, alors qu'Ibrahim ramait après des années d'études. On avait dû se résoudre – ou bien pire, décider – à un moment donné, dans les assemblées pédagogiques, d'apprendre mal la langue maternelle à la génération d'Ibrahim. On croyait sans doute cet outil nourri de l'air du temps et placé sur le même plan que d'autres verroteries éducationnelles, accessoires et modernes. On s'était trompé. L'usage de la langue maternelle ne souffrait pas, pas plus que les notions de science, les excuses qu'on accordait trop facilement à ceux qui devraient de toute façon l'apprendre afin de ne pas la subir.

En mathématiques et en physique, pour Ibrahim, le monde se simplifiait. Quand il arrivait qu'il soit perdu, il avait la sensation que sa main serrait le manche d'une serpe et qu'il lui suffisait de l'agiter avec persistance pour se frayer un chemin. Il travaillait. Un jour, il fut invité chez José et, assis à la modeste table de la loge de sa mère, il se rendit compte qu'il était au centre d'un dispositif conçu pour les serfs, qui ne bougeait que par application de la force humaine. Chaque exercice devint une proie vaincue qu'il brandissait au-dessus de sa tête pour la montrer à son ennemi. Quand il enchaînait les résolutions, au bout d'un temps, avant l'ennui, survenait un sentiment de jubilation. Car trouver la solution était l'unique souveraineté. Les gens se leurraient sur la difficulté des mathématiques et se trompaient tout autant sur leur utilité. Sans doute étaient-ils hypnotisés par les applications et le verbiage, on leur faisait perdre pied à dessein. La joie d'Ibrahim assis à côté de José venait du fait que plus personne ne le contestait lorsqu'il donnait la solution au problème. La maîtrise qui accompagnait ces heures d'effort offrait peu à peu une forme de noblesse. Elle éloignait les attraits des jeux à somme nulle de l'honneur et de la vengeance et les rendait ternes.

La consommation des choses passait derrière la compréhension de ces choses. Sous le doigt, les rugosités apparaissent plus grosses qu'à l'œil, mais c'était vrai pour tout, les solutions semblaient petites une fois trouvées. Peut-être qu'en ces temps de découverte, Ibrahim exagérait-il son gain, toujours est-il qu'ici, dans cette pièce sombre qui sentait la cuisine, il apprenait à devenir imparable. L'admiration que lui portait José était teintée de jalousie, Ibrahim la sentait lorsqu'il avait l'impression que sa simple concentration inquiétait son camarade. Parfois Ibrahim paressait, ce qui avait le don d'énerver José, qui y voyait une forme d'aumône. Dès qu'Ibrahim ne jouait plus de façon honnête le jeu de l'esprit, se gâchait quelque chose d'essentiel. Car face à José, renoncer de façon consciente à utiliser ses facultés consistait pour Ibrahim à vivre dans un luxe insultant. Quand ils avaient fini leurs sessions de travail, José et lui sortaient s'ennuyer sur un banc, parfois ils croisaient d'autres élèves en transit entre deux appartements proches. Un jour, après qu'il eut compris une subtilité sur laquelle il avait buté, Ibrahim eut le sentiment du travail bien fait. Plus précisément, il comprit que s'il pouvait échouer dans la recherche d'une solution, il ne lui était plus possible d'aussi sereinement se soustraire à la tâche de la chercher. Il s'en livra à José, qui se moqua de ses manières de grand-père.

Cette euphorie se dissipa en partie à la fin du premier trimestre, quand le programme prit une ampleur qui ne reposait plus sur les acquis. José avait l'avantage de pouvoir compter sur un réseau familial et, chaque samedi, il se rendait dans un organisme de cours particuliers dirigés par un lointain cousin qu'il ne payait qu'au tiers du prix. Il bénéficiait ainsi d'un soutien qui l'empêchait de perdre pied. Après la rentrée d'hiver, Ibrahim commença à être largué. Ce qui était clair ne l'était plus, les obscurités progressaient de façon géométrique pour un temps de travail linéaire. Il achoppa sur des concepts que ses camarades assimilèrent d'eux-mêmes ou du fait d'une aide dont Ibrahim ne disposait pas. Il se découragea et crut que le miracle avait pris fin. Il commença à s'y résigner.

Un samedi, Ibrahim accompagna José à ses cours particuliers pour observer ce qui s'y passait. Francis, son professeur, Portugais lui aussi, immigré comme les parents de José après le temps de la dictature, était un homme simple qui gagnait sa vie en faisant fonctionner cette franchise pour laquelle il avait signé un pas-de-porte dans un quartier où chaque famille consommait du soutien scolaire avec abandon. Il était corpulent, ses joues étaient ornées une grande partie de la journée de taches écarlates, comme produites par l'effort. Avec sa moustache blanche, il ressemblait à une sorte d'adjudant-chef à la retraite. La présence d'Ibrahim le déconcerta, il lui dit de s'asseoir au fond de la classe et d'attendre la fin de la séance.

Francis était un homme curieux, José lui avait parlé d'Ibrahim. Ainsi, pendant que José et deux autres élèves peinaient sur leurs exercices, Francis s'approcha d'Ibrahim et lui tendit une feuille en lui disant, sur un ton de plaisanterie directive : « Prends et lis. » Sur la feuille, Ibrahim découvrit une série d'exercices sur des sujets qu'il maîtrisait. Il connaissait la réponse à ces questions et parut, aux yeux de Francis, résoudre les problèmes de façon immédiate. À la fin du cours,

José et Ibrahim traînèrent avant de partir. Francis dit à Ibrahim qu'il lui restait de la place, précisant que rien n'était gratuit. Ibrahim lui répondit : « Si je viens, je paie. » « Eh bien, viens et paie. Ce sera le même prix que pour ton ami. »

José suggéra, en sortant, qu'il pouvait peut-être demander à Francis de faire crédit. Ibrahim écouta à peine la générosité de son ami. Quand il avait lancé sa bravade, Ibrahim avait ressenti l'électrisation qui le saisissait lorsqu'il parvenait à un résultat juste. Dans son cerveau, après de longues périodes de réflexion frustrantes, se déclenchaient des orages brusques et, à ces moments précis, les alignements s'effectuaient, la compréhension précédant la parole. Il avait ressenti la même chose dans cette salle de classe, face à Francis lui demandant paiement, visionnant furtivement le dernier étage de la librairie où s'approvisionnaient ses camarades. Il sut comment payer.

Il garda pour lui sa ruse et rentra chez lui sans traîner. Dans le placard du couloir, il prit un des costumes qu'avait laissés son père et que sa mère conservait pour les cas improbables où Ibrahim aurait dû s'habiller pour une noce. Il se vêtit de ce costume sombre avec une chemise blanche. Face au miroir de la salle de bains, il plaqua ses cheveux après les avoir mouillés, à l'image de Djibril, et prit soin de raser sa barbe éparse. Quand il ferma la porte, la glace du couloir lui renvoya l'image de quelqu'un qui s'efforçait de ressembler à ce qu'il serait vingt ans plus tard et se convainquant qu'il n'avait pas échoué. Il était habillé comme un ouvrier des années 1970 allant à la noce.

Dans un état d'excitation hypnotique, il prit le bus qui le menait à la librairie. Quand il entra par le portique, le vigile ignora l'image dissonante de ce jeune Arabe en costume de laine qui ressemblait à un ouvrier endimanché. Ibrahim descendit au sous-sol, se dirigea vers le rayon des encyclopédies thématiques. Il se saisit de trois tomes, les plus chers. Puis il monta les escaliers à l'intérieur du magasin pour atteindre le dernier étage, se dirigeant vers le guichet de revente des livres d'occasion. Le vendeur qui l'accueillit prit les volumes des mains d'Ibrahim et en examina l'état. Puis il lui proposa un prix après avoir marqué une pause, durant laquelle il regarda Ibrahim avec un vague air de reproche.

L'homme, qui portait un gilet aux couleurs de l'enseigne sur ses habits ordinaires, n'espérait rien d'autre que la fin de sa journée de travail. Il tenta de dissuader Ibrahim de revendre ces livres, sans doute les plus précieux de sa bibliothèque familiale. Ibrahim, lui, n'hésita pas. Il constata qu'il faisait face à un allié dont les motifs altruistes risquaient d'affecter son plan. Tout au plus lui faisait-il les poches d'un autre œil. Ibrahim prit un air neutre et vague, ne discuta pas le prix qui lui était proposé et empocha les billets qu'on lui tendit. Quelques minutes plus tard, il sortit et s'éloigna, résistant à l'envie de se retourner. Il fut incapable de s'arrêter de marcher avant d'avoir épuisé l'excitation qui l'habitait.

Prenant un bus en chemin, il arriva chez lui un peu avant sa mère, rangea le costume dans le placard et remit la chemise sur le cintre en la lissant de la main. Quand sa mère arriva, il était au pied de l'immeuble dans ses habits « civils » et faisait des figures à vélo avec quelques enfants plus jeunes que lui.

Il recommença quelques fois, récupérant sa monnaie de vendeurs différents et jugeant maintenant inutile de se vêtir du costume de son père. Il déplaça ainsi de lourds volumes du sous-sol au sommet de la librairie et fut payé de sa peine. Malgré l'ingéniosité de son astuce, il résista à la griserie. L'ironie de sa situation le frappa un jour qu'il revenait d'avoir revendu une encyclopédie générale de la mythologie antique, livre aussi lourd qu'un rocher. Dans la rue, il fut contrôlé par des policiers en civil. Ils le fouillèrent sur la voie publique et trouvèrent dans son sac ses livres de mathématiques. Dans leurs yeux, il vit bien qu'aucun d'entre eux ne concevait qu'il ait pu voler ce genre de livres. Bien plus tard, il y repensa en lisant l'histoire d'Abraham Wald, qui avait insisté pour renforcer la carlingue des bombardiers alliés revenant d'Allemagne aux endroits où elle n'était jamais touchée. Ceux qui y étaient restés avaient été touchés en ces endroits réputés indemnes. On se renforce à l'envers, les gens ne regardent pas au bon endroit.

Il répéta ses larcins une dizaine de fois, et la dernière, il se sentit observé d'une façon plus insistante. Il reposa alors l'imposant dictionnaire de sociologie qu'il tenait d'une main sur le rayonnage humour, ou littérature érotique, il ne savait plus bien, puis sortit de la librairie les mains dans les poches.

25

Au tableau, son professeur de physique écrivit un nom à la craie blanche. Pierre-Augustin Caron, dit Beaumarchais, fut l'un des premiers aventuriers des Lumières qui vécut assez longtemps pour connaître la Révolution et la Terreur. Il quitta un pays dont il critiquait pourtant l'aristocratie, par peur d'y être jugé et guillotiné. Il disait de lui-même que si le temps était mesuré par les événements qui l'emplissaient, il avait déjà vécu deux siècles à la moitié de sa vie.

Le temps avait été sa grande affaire d'inventeur, Beaumarchais était horloger et créateur de mécanismes. Il apprit le métier de son père à 13 ans et, huit ans plus tard, il conçut de nouveaux échappements qui rendaient les horloges plus précises. Le professeur de physique dessina à la craie les volutes des virgules.

Il illustrait comment on avait scandé les choses. Au sein de chaque mécanisme, on retrouvait les moyens d'une fréquence. Ibrahim écoutait.

Au cours de la leçon, Ibrahim apprit comment la mesure plus précise du temps permit ensuite la mesure ancienne de la vitesse des rayons lumineux, par l'expérience dite de Fizeau. Quand Ibrahim lut la citation qu'écrivit son professeur au tableau, le monde s'arrêta. « Qu'étais-je donc ? Je n'étais rien que moi, et moi tel que je suis resté, libre au milieu des fers, serein dans les plus grands dangers, faisant tête à tous les orages, menant les affaires d'une main et la guerre de l'autre, paresseux comme un âne et travaillant toujours, en butte à mille calomnies, mais heureux dans mon intérieur, n'ayant jamais été d'aucune coterie, ni littéraire, ni politique, ni mystique, n'ayant fait de cour à personne, et pourtant repoussé de tous.[4] »

Son professeur savait qu'il tenait son auditoire, il se préparait à un coup de maître. Il exhuma la dispute qui avait opposé Beaumarchais à Lepaute, alors horloger du roi Louis XV. Lepaute avait tenté de s'approprier l'invention de Beaumarchais, usant de son prestige pour faire taire la voix de l'horloger à la réputation naissante. Ibrahim écoutait.

Beaumarchais fut alors génial, d'une façon qui était la sienne, qu'on devrait enseigner à tous. Il envoya à l'Académie des sciences la preuve indubitable qu'il

---

4 Pierre-Augustin Caron de Beaumarchais, « Requête à MM. les représentants de la Commune de Paris », 1789.

était l'inventeur du procédé. Dans cinq boîtes, il mit les essais infructueux – cinq versions exhumées de son être imparfait – que seul avait pu tenter le véritable inventeur du mécanisme revendiqué par Lepaute[5]. Quand il découvrit l'astuce, Ibrahim fut fasciné, il avait l'impression d'avoir vu une autre merveille alors que le brouhaha de la classe dissipait la magie de la révélation. Ibrahim détenait tous les essais infructueux de sa courte vie dans les boîtes de ses circonstances. Il était prêt à les envoyer au roi pour qu'on le reconnût enfin. La sonnerie indiqua la fin du cours, et Ibrahim se demanda s'il était le seul à comprendre le miracle qui venait d'être partagé avec eux.

Quand il avait payé Francis pour la première fois, il lui avait tendu l'argent et Francis avait ouvert le tiroir de son bureau pour y déposer les billets. Ibrahim avait réglé cinq sessions. Après la cinquième, le professeur n'avait plus demandé à être rémunéré. Quand Ibrahim lui avait tendu le paiement des cours suivants, il avait refusé, arguant qu'il paierait la prochaine fois. La fois suivante, il refusa de même. Ibrahim posa l'argent sur la table et Francis le rendit à José, qui ne sut qu'en faire. Ibrahim n'avait jamais dit à Francis comment il avait financé ses cours. Il surprit un jour son regard posé sur lui quand il leva la tête de son cahier, alors qu'il rassemblait les solutions de ses exercices mis au propre à la manière d'un herbier. Ils ne parlèrent pas à ce moment-là. Mais ils se sourirent puisque

5 Anecdote évoquée par Ernö Rubik dans son autobiographie *Cubed: The Puzzle of Us All* (N.D.A.).

l'avenir était à Ibrahim, qu'il appartenait à quiconque s'efforçait au-delà de sa naissance.

Quand on l'arrêtait encore pour contrôler son identité dans les beaux quartiers où il détonnait en revenant de chez Francis, la police trouvait des livres de géométrie dans son cartable, et que pouvait-elle faire ?

À la fin de l'année, il avoua à Francis comment il avait pu payer ses leçons. Francis fit mine de lui mettre une gifle puis partit d'un éclat de rire : « Toi, quand tu voles, ça a une autre gueule. » On tirera peut-être de cette remarque que la bienveillance que lui manifestait Francis trouvait sa source dans les capacités intellectuelles d'Ibrahim : on se tromperait deux fois. Car aux compétences d'Ibrahim s'ajoutait surtout aux yeux de Francis la volonté rare de les utiliser à la fois en acceptant les règles générales du jeu et en envisageant d'être plus grand que le jeu lui-même. Mais plus encore on aurait tort sur la manière dont on accorde en général son affection, puisque ce sont les accidents de la rencontre, puis la proximité et l'habitude, et non la raison, qui fondent, avant cette dernière, la charité ordinaire.

Le vocabulaire et l'accent trahissaient encore Ibrahim, il n'avait pas assez lu. Il avait cette habitude de se débarrasser des mots. Il y avait des couteaux lancés au jugé et des portes qui claquaient dans sa voix. Lorsqu'il dut choisir les textes à présenter au baccalauréat de français, il le fit au hasard. Quand il était devant ces phrases, il lui semblait qu'on cherchait à trop peu en dire avec trop de mots. À la suite de son cours de physique, il avait cherché à lire le texte de Beaumarchais dont la citation était tirée et il s'était perdu. Lui qui pouvait maintenant se concentrer longtemps sur des questions bien posées, il découvrait la volumineuse classe de problèmes dont la solution n'était pas dans l'énoncé. Chaque épreuve de rédaction était une souffrance. Il alignait ses phrases simplistes et se sentait inadéquat, conscient au moment où il les écrivait avec leur orthographe chancelante, avec leur grammaire approximative, avec leur concordance imprécise des temps, de l'image qu'elles donnaient de lui. Et comme chaque fois qu'il fallait accepter l'humiliation plutôt que la honte, la colère sans direction prenait le dessus, il méprisait ceux qui possédaient de plain-pied une culture qu'on avait placée hors de sa portée.

Un jour qu'un élève était allé au tableau pour expliquer un texte, il avait vu à quel point l'accès à une langue précise devenait la raison du respect. À ses yeux jaloux, l'élève lui avait paru jouer un rôle au service du maître, se placer à l'opposé de l'expression personnelle. Ibrahim n'avait compris que peu de choses encore, il se voyait contraint par les barrières de sa langue maternelle, dont personne ne l'avait prévenu de sa véritable rigueur. Quand il pensait à ses anciens camarades de veille, il lui manquait une chaleur humaine qui ne s'embarrassait pas de la complexité du passé. Eux n'apprenaient pas la langue, tout ce qu'ils en retiraient était la possibilité de vivre et de maudire. Pourquoi lui demandait-on de faire plus, quelle était la finalité de cette humiliation contenue dans le langage ? Quand il lui en parlait, son père ignorait cette frustration, content déjà des facilités de son fils en sciences : « Tu es né comme ça, le monde est plein de gens qui sont nés comme ça. Cela ne les empêche pas d'avancer. »

À force, pourtant, il comprit mieux le sens des textes qu'il avait choisis, et peu à peu sa pensée s'articula. Il mit l'ensemble de ses lacunes sous le boisseau d'un esprit scientifique, plaisanta avec José de ses faiblesses. Il avait bien vu comment on insultait les gens en n'exigeant rien d'eux. Le respect que lui avaient accordé des personnes comme Francis montrait qu'il avait maintenant le pouvoir de décevoir. De la même manière qu'il avait conçu le but de comprendre tout ce qu'on lui mettait sous les yeux en sciences, il s'imagina qu'il était possible de parler comme cet élève dont il avait admiré l'éloquence. Après tout, un monde qui s'interdisait d'avoir un but était une oppression – un monde qui se les autorisait tous était un désert – et si Ibrahim ne s'en donnait aucun, il devenait son propre geôlier.

D'abord, il répéta des phrases sans en comprendre les subtilités et, au bout d'un temps, il les sut par cœur. La médiocrité lui était insupportable, emportant l'irritation de ce qui était limité et confus. Les phrases au début étaient des plâtres qui l'enserraient et qu'il utilisait en bloc. Puis certains mots revinrent sous la langue pour remplacer des assemblages, certaines choses eurent désormais un nom précis. Le journal qu'il trouva sur le bureau de Francis se peupla de mots qu'il fallut chercher dans un dictionnaire.

Il continua de pallier ses lacunes et ses notes furent moyennes. L'intention changeait, un jour il s'énerva de parler une langue qui était faite de slogans ou d'injonctions, une langue qui disait quelque chose d'inexact.

Quand on lui rendait ses copies, qui s'amélioraient lentement mais restaient faibles, il voyait qu'il bénéficiait d'un traitement de faveur et que certaines fautes de français ne faisaient l'objet d'aucune correction. Il se dit qu'on le laissait tranquille par condescendance. Ce qui l'aurait satisfait il y a un an l'irritait aujourd'hui. On ne respectait pas les gens en les laissant tranquilles, on les ignorait et les raisons de la lassitude n'y changeaient rien.

En fin d'année, le professeur de français demanda à la classe d'écrire une lettre à un auteur de romans policiers. Chacun contribua par une question et celle d'Ibrahim fut retenue. À la question « Pourquoi écrivez-vous ? », l'auteur répondit : « Pour comprendre et être aimé. » Ibrahim prit la réponse personnellement.

La lecture arrive pour beaucoup dans ces années de lycée, puisqu'auparavant on s'exténue sur des classiques imposés. Cette année offrait de choisir ses textes et, pour les raisons qui suivent, représentait souvent la dernière chance de lire, afin de saisir la finesse d'une langue où étaient cachées les choses les plus importantes. Les gens qui lisent peu lisent en vue de réaliser une tâche. À l'opposé, on apprend aux lycéens, certes imparfaitement, à penser et lire, pour la beauté du sport en quelque sorte.

Car la lecture qui importe vise d'abord à perturber des équilibres subtils. Elle change les poulies et les masses qui se meuvent à notre insu dans nos crânes. La vie de l'esprit est vouée à un changement perpétuel, soumise à la tragédie d'une dégradation générale qu'on appelle le temps. La lecture, usant du même temps, vient jouer contre lui, et le cerveau évolue, ayant considéré la lecture comme l'égale de la réalité. Ajouter un livre à sa lecture rend l'esprit tout entier différent, en ajouter dix le rend cent fois plus différent. Lire revient à peindre un visage neuf sur des traits qui s'affirmaient et laisse l'homme en suspens le plus longtemps possible.

Ibrahim passa les épreuves de français du baccalauréat et choisit de faire la rédaction sur un texte de Giraudoux. Il se montra banal et plat. Il n'obtint pas la moyenne, « la règle de trois n'aura pas lieu ». Il prenait conscience depuis quelques mois des moments où il était pataud et simple lorsqu'il s'exprimait sur un sujet. Mais il restait incapable de faire mieux, cette porte ne s'était pas encore ouverte. À l'oral, il fut examiné par une femme au visage asymétrique qui lui laissa choisir son texte, il opta pour le plus simple et récita des choses simples. Sa note fut honorable. La somme de l'écrit et de l'oral le plaça parmi les élèves moyens.

Quand il sortit de la salle d'examen, qui se trouvait dans son ancien collège, il était comme un étranger dans ce lieu qui avait changé de façon subtile, et il ressentit une nostalgie qui aurait pu le faire pleurer. Il monta dans le bus et, dans la ligne droite qui le rapprochait de son quartier, un chien se mit à courir sur le trottoir, semblant poursuivre le véhicule, attiré par on ne savait quel visage qui lui avait semblé familier. Dans la course entre le bus et le chien, Ibrahim prit le parti du chien et se pencha sur la vitre pour le voir disparaître dans la rue. Au vu de ses notes en mathématiques et en physique, il entra en terminale scientifique.

26

Ibrahim s'apprêtait à passer un autre été désespérant, José partant pour le Portugal pendant deux mois, quand Francis lui offrit une distraction opportune. Durant la période estivale, les parents d'élèves moyens de certaines bonnes familles obligeaient leurs enfants à étudier, soit qu'ils se désolent de ne pas voir chez leur progéniture les mêmes dispositions qu'ils avaient eux-mêmes, soit qu'ils imaginent pour elle un avenir par procuration. Souvent, ces enfants étaient encadrés par des organisations privées comme celle de Francis. Parce que c'était ainsi que s'orientait le monde dans sa globalité, ces enfants n'avaient jamais besoin d'autre chose que de soutien en mathématiques ou en physique. Le reste comptait peu aux yeux de ces gens. Avec la langue, on s'arrangerait toujours, n'est-ce pas ?

Francis adaptait son effectif durant cette période en employant non plus de jeunes professeurs, mais des élèves doués qui souhaitaient gagner de l'argent de poche. Il s'agissait surtout de respecter un écart d'âge suffisant entre le tuteur et l'élève. Francis avait constaté que trois ans était le minimum, il proposa donc à Ibrahim de s'occuper de quatrièmes et lui offrit le salaire d'entrée de 15 euros de l'heure. Ibrahim accepta. Il voyait arriver comme un bloc sans fin l'été de ses 18 ans, incapable d'y trouver une prise qui lui en permette l'ascension. Un lundi de juin, il se retrouva donc dans la salle où officiait Francis. Il reçut du matériel pédagogique, une série de feuilles thématiques listant des exercices avec leurs solutions, par ordre croissant de difficulté. Le lendemain, il rencontrait son premier élève, Hughes.

Ibrahim, qui était depuis longtemps préparé au mépris, fut surpris d'être confronté à celui d'un adolescent de 14 ou 15 ans qui se comportait en roi. Ibrahim n'arrivait pas à cerner la morgue à laquelle il faisait face, ne sachant si elle venait du dépit d'avoir un professeur à l'allure peu différente d'un élève, ou d'avoir à écouter la leçon de quelqu'un dont les manières trahissaient une classe inférieure, ou du fait que ce tuteur fut maghrébin. Ibrahim, pour une raison qu'il ne s'expliquerait complètement qu'une fois adulte et qu'il dépasserait alors, se trouva gauche et timide dans les questions qu'il posait. Il ne cherchait pourtant rien d'autre que de savoir par où commencer et sur quel sujet Hughes se sentait le moins sûr.

Hughes dit vraisemblablement la première chose qui lui vint à l'esprit : la trigonométrie. Ibrahim exhiba les feuilles sur le sujet. Ils revirent ensemble laborieusement les formules de base et firent quelques exercices d'application. Hughes rappela à Ibrahim l'horaire quand l'heure et demie fut écoulée. Ibrahim fut soulagé, mais surtout, après que Hughes fut parti et que Francis lui eut remis le paiement correspondant au prix de son cours, il eut l'impression de prendre sa revanche. Marchant derrière ce bouclier, il affronta le regard de la ville en rentrant chez lui.

À la fin de l'été, il avait amassé de l'argent dans un tiroir de son bureau et Hughes était passé à côté de la chance d'apprendre quelque chose de lui. Ibrahim s'en fichait complètement, il voyait bien qui avait tort et qui faisait son travail, qui était le roi et qui était le sujet.

Le père de Hughes était venu un soir, il avait tenu à discuter avec Francis des progrès de son fils, des lacunes de sa descendance, « des axes d'amélioration » de son patrimoine génétique. Positif, Francis l'était avec les bons payeurs. Il inclut Ibrahim dans la discussion. Et face à Hugues, Ibrahim bredouilla que celui-ci « avait des capacités », que le reste c'était « du travail ». « Tu vois bien, le travail », avait conclu le père. Puis ils étaient partis, laissant Francis et Ibrahim seuls à l'étude. Ibrahim se souvenait qu'une fois qu'ils étaient partis, il avait été tenté de laisser libre cours à son mépris. Il en avait été retenu par l'image de Hughes assis, attendant le verdict, ses mains rassemblées en poings fermés, posées sur ses genoux à la manière de l'étiquette japonaise qui veut que le désordre des doigts avoue quelque chose de trop intime, et peut-être offre une prise trop grande aux spectateurs de cette scène.

Ce soir-là, Francis avait considéré dans sa bibliothèque ses anciens cours de classe préparatoire qui n'avaient rien donné. Puis il avait fait courir un doigt sur le dos des livres qui l'avaient accompagné à l'université et tiré l'un d'entre eux par le col, des éditions Mir à la couverture rouge, traitant de mécanique analytique, celui dont il avait compris tout le contenu. Il se souvint l'avoir enseigné en tant qu'assistant de travaux dirigés, réparant une injustice qui se refermait à peine, comme on referme un livre qu'on aurait lu deux fois, une fois dans la peine, l'autre dans la joie.

27

Les premiers jours de terminale se déroulèrent sous le signe d'une continuité trompeuse, il retrouvait les lieux de l'année passée, mais ses camarades lui semblaient arriver d'ailleurs. Disons qu'il n'avait pas remarqué qu'il y eut autant de gens de bonne famille dans son lycée ; ils se trouvaient concentrés dans une classe à laquelle il appartenait par la grâce de son travail. Il s'asseyait, habillé de vêtements arborant des logos sportifs, à côté d'étudiants qui portaient des lodens avec des boutons de corne. Un jour, il se retrouva dans un des parcs proches de son lycée aux côtés d'un de ses camarades de l'année précédente. Hormis José, il n'avait pas encore sympathisé avec les élèves de sa classe – et était inquiet à l'idée de le faire, pour tout dire.

Son camarade parlait fort et Ibrahim avait porté son attention sur ses dents, qui montraient une irrégularité uniquement visible quand le jeune homme mordait dans son sandwich. Il aperçut pendant une fraction de seconde le chevauchement des canines supérieures, dont l'une avait tourné sur sa base, rendant dangereuse, car légèrement ridicule, toute expression d'agressivité que pourrait exprimer son camarade, en lançant par exemple « Pourquoi tu me regardes ?! Y a un problème ? ». Il s'attacha aussi à comparer dans son esprit la couleur un peu terne de l'émail qu'il observait avec celle – de son émail à lui – qu'il lui semblait avoir vue plus blanche dans la glace ce matin. Ibrahim n'avait pas les mêmes dents que celles qu'il avait cru voir dans la bouche des porteurs de loden.

Un groupe se prélassait en cercle dans l'herbe du parc et chacun mangeait à une trentaine de mètres du banc où Ibrahim et son camarade étaient assis. Il y avait quelques filles dans le groupe. Elles avaient retiré leurs manteaux, un été de la Saint-Martin s'était substitué au froid humide du week-end, lui aussi trop précoce pour la saison. Les garçons parlaient fort et passaient leurs mains libres dans leurs cheveux à intervalles réguliers. Un tel geste de la part d'Ibrahim aurait semblé agressif, pensa-t-il sans le vouloir. Son camarade se leva en lui disant qu'il retournait au lycée. Ibrahim le salua de la tête puis se redressa aussi pour retirer sa veste de survêtement, qu'il posa sur le banc à la place maintenant libre.

La conversation s'était animée sur l'herbe, les gestes étaient emphatiques, les garçons semblaient suivre une série de didascalies. Les filles souriaient, la moins jolie riait. Il semblait à Ibrahim que le jeu de rôles était destiné à n'être vu que de lui. Il se trouvait au théâtre, devenu un spectateur forcé de l'insouciance. Le rideau tomba lorsque l'une des filles, l'une des plus attirantes, celle aux dents les plus blanches et qui souriait comme une louve, se leva et s'éloigna d'un pas souple. Le groupe s'anima à sa suite. Ibrahim s'était trompé, voilà donc qui était la spectatrice de cette pièce, lui n'était rien.

Il avait d'abord attribué à la différence de statut social la distance qui le séparait de cette troupe avec laquelle il partageait salles de classe et mains levées – dont Hughes était un autre représentant plus jeune, mais tout aussi médiocre. Ibrahim avait tenté quelques approches infructueuses avec deux filles de sa classe qui lui paraissaient les moins inaccessibles. Ses échecs lui semblaient provenir d'un manque de confiance qui le conduisait à la maladresse. Mais il était bien sûr possible qu'il ne plût pas aux filles qu'il avait approchées.

Comme il était aussi possible qu'elles ne puissent s'imaginer avec lui, l'Arabe, lui, le prolétaire mal fagoté au milieu des bourgeois, lui l'intellect à l'état brut dont on devinait l'incandescence dès qu'il se concentrait. À bien y réfléchir, le manque de confiance pouvait donc être plus général, et ces filles l'étiqueter dans une catégorie dont on ne sortirait pas mais dans laquelle on pouvait, et n'importe qui peut-être, tomber par association. Ses camarades mieux nés trempaient donc dans une peur diffuse de déclassement dont il ne connaissait pas le nom. À l'opposé, bien sûr, il y avait le baiser de Béatrice, donné comme un encouragement sans autre calcul que celui de l'optimisme en partage.

Ses compétences s'affirmant de plus en plus, il comprenait que la distance qui le séparait de ses camarades était faite avant tout d'une quantité considérable de mots, dits avec l'assurance de celui qui s'octroyait le droit de s'exprimer en toutes circonstances. Il voyait aussi que l'écart n'était désormais plus fait que de langage – et de plus rien d'autre n'ayant légitimité sur lui. Car Ibrahim comprenait mieux des choses difficiles, il se trouvait forcé de les exprimer aux endroits adéquats et simples de la rationalité scolaire. Il n'avait pas encore fourni les moyens à son intelligence de participer aux séductions ambiguës, aux défis de parole des classes sociales qui s'asseyaient en cercle dans l'herbe, n'ayant même pas conscience de leur banale source.

Ibrahim avait cessé de prendre les choses comme elles venaient. Son travail avec Francis, ajouté à ses réussites de l'année précédente, lui avait montré qu'il était capable d'élucider des énigmes. Il voyait d'où venait par exemple le bonheur joué devant lui d'une absence relative de questions, d'un état de pardon que ces gens n'avaient même pas besoin de quémander. Son intelligence lui apparaissait plus clairement.

Il pensa à ses parents puisque la source devait partir de là. Sans doute était-il doté de l'intelligence de sa mère, sans doute avait-il hérité de son inquiétude.

Assis sur ce banc, il lui sembla aussi, dans la clarté d'une pensée qui ne l'avait pas traversé auparavant et qui ne le quitterait plus sa vie durant, que la scène sur laquelle il jouait son rôle appartenait à son père, que ce dernier l'avait construite à force d'événements sur lesquels se découpait la silhouette de son fils. Une femme en legging passa devant lui, portant un chien dans ses bras comme elle l'aurait fait d'un enfant. Un cadre d'âge mûr la suivait, songeant en son for intérieur, mais sans y penser plus, qu'un Arabe en tee-shirt était assis, désœuvré, sur un banc et qu'il n'y en avait pas beaucoup dans le quartier.

28

Dans les années 1970 et 1980, le département de mathématiques de l'université de Moscou s'efforçait de faire vivre la fiction d'une organisation aveugle à l'origine de ses talents. La vérité que connaissaient tous les indésirables du régime – au premier rang desquels les juifs, qui viendraient bientôt nourrir la science américaine, comme les juifs allemands l'avaient fait durant la guerre – était que les examens visaient à les exclure sans pour autant qu'on puisse de façon flagrante démontrer la discrimination.

Les examinateurs avaient fini par s'entendre sur une série de problèmes dont la solution, une fois trouvée, était élémentaire, mais qui nécessitait une astuce extraordinaire pour y parvenir. On les appelait, dans les cercles de leurs victimes, des problèmes cercueils. Cette hypocrisie cruelle fonctionna fort bien. Les citoyens soviétiques correspondant aux critères politiques et raciaux du régime passaient les filtres avec aisance, répondant à des questions simples qui se résolvaient simplement, quand leurs concurrents problématiques échouaient sur des questions difficiles dont la solution élémentaire protégeait le régime d'être accusé de discrimination.

Lorsqu'il eut vent de cette histoire, Francis eut pour objectif de réunir ces problèmes et d'en faire un recueil dans lequel il piochait parfois lorsqu'il voulait illustrer de manière spectaculaire un chapitre que révisaient ses étudiants. Il montrait alors une certaine forme de magnanimité, quand on avait cherché, et dévoilait la solution élémentaire. Il asseyait son expertise par ce biais. Ibrahim avait été exposé aussi, mais ne faisait pas preuve de l'agilité qui lui permettait de résoudre la difficulté. Il fut néanmoins la première personne à qui Francis dévoila la perversion derrière ces anomalies dans les séries d'exercices.

Pour illustrer leur caractère délibéré et pervers, Francis sortit de son cartable une dizaine de feuilles imprimées et les posa avec une certaine excitation sur le bureau où Ibrahim s'était assis pour réviser ses cours. Ibrahim fut troublé, il comprenait chaque énoncé et voyait bien que chaque solution était élémentaire. Il fallait toutefois une forme de pensée qui cherche à considérer des détails d'apparence subalterne, et construise sur ces détails, plutôt que des formes habituelles. Soit une droite parallèle à un segment, comment découper ce segment en six parts égales avec une règle non graduée ? Soit un quadrilatère dans l'espace dont tous les côtés sont tangents à une sphère, comment démontrer que les points de tangence sont dans le même plan ? Vous voyez le genre.

Ibrahim prit une copie des feuillets et résolut de donner à son professeur de mathématiques un des exemplaires à la fin du prochain cours. Ibrahim, qui n'osait rien, s'était contenté de bien travailler avant d'être remarqué au bout de quelques mois par ce professeur. Il l'approcha à la fin d'un de ses cours, comme le faisaient un ou deux élèves de la tête de classe pour évoquer un point du cours. Il attendit son tour et bredouilla qu'il avait rencontré un problème qui lui semblait difficile. Chose que lui confirma son professeur qui, pressé de partir peut-être, lui assura qu'ils en parleraient lors du prochain cours. Ils en reparlèrent effectivement et convinrent que la difficulté était réelle, mais qu'il existait une solution que son professeur avait mis « une soirée » à trouver.

Ibrahim avait déjà remarqué comment parfois les mots tombaient juste et décrivaient parfaitement ce qu'il fallait décrire. Il l'avait remarqué de façon banale dans des films où des acteurs vulgaires étaient représentés comme des types qu'on lâchait dans la jungle et « qu'on retrouvait les poches bourrées de pesos autour de la piscine le lendemain ». Ce miracle qui se produisait dans les films, qui donnait une autorité naturelle à celui qui utilisait les mots les plus exacts, était lui aussi au cœur de la résolution de problèmes mathématiques. L'autorité venait du fait de trouver l'idée puis l'enchaînement implacable de mots.

Il y avait, en regard, d'infinies limitations auxquelles Ibrahim, et chacun, à des degrés divers, faisait face, une autorité de compétence, et non d'intimidation, qui mettait tout le monde d'accord. Certes, il n'était pas donné à tout le monde de trouver à temps une expression suffisamment exacte. Les juifs de Moscou en savaient quelque chose. Ibrahim sentait s'établir avec eux une solidarité dans un effort où il était impossible de tricher, à la fois sur ses intentions et sur ses réalisations. L'exigence qui valait pour lui valait pour le pays dans lequel il vivait.

Ibrahim était un problème cercueil de la République : une des solutions sociales était élémentaire, elle consistait à tout donner au mérite, mais nécessitait un effort quotidien d'imagination. Au lieu de cela, au sommet des institutions, on employait des concepts assez larges pour camoufler le réel et permettre la concorde entre une population qui allait dans le mur et une autre qui en approuvait la construction et se trouvait réfugiée derrière. Dans les strates plus basses, les gestionnaires cherchaient en vain, la main ballante dans le porte-monnaie. Ils se dédouanaient d'objectifs sans résultats dans les milieux fermés où Ibrahim évoluait, ignorant de glorifier les héros sévères et singuliers qui portaient sur leurs épaules le rocher.

In fine on préférait mettre en scène les rébellions cosmétiques qu'on oublierait à chaque cycle électoral. Aux rebelles on donnait des excuses, mais surtout on se foutait d'eux. Ce monde toujours convaincu suscitait en retour des vocations ineptes justifiant ses a priori, et fleurissaient dans la population qui ne voyait plus d'issue des histoires de complots absurdes reprenant les mêmes et habituels thèmes en des termes qu'on croyait neufs. Il aurait fallu que la République soit mieux le complot de tous pour la réussite de chacun.

Car, aux yeux d'Ibrahim, et de plus en plus, le principal problème cercueil était toujours le même, c'était que le monde manquait d'imagination à son égard. Le plus grave, le plus impitoyable si l'on veut, tenait dans le fait que des gens comme Ibrahim avaient perdu le droit de décevoir. Flaubert disait d'ailleurs à Ibrahim, dans un livre qu'il n'avait pas lu, que les désillusions n'étaient faites que pour les gens sans imagination. Donc voilà, c'était cela, non seulement le monde n'imaginait pas les richesses, mais il n'imaginait pas non plus les faux pas, il n'était jamais surpris et toujours déçu.

Il ne pouvait s'imaginer, le monde, ce fils de pute, qu'on soit fondé à voir au-delà d'un parapet, et qu'ayant vu un avenir qui n'avait rien de commun avec son présent, on commençât à y croire avec ferveur. À l'intérieur de ce monde, il y avait des gens, Cormier, Francis, ses parents, et d'autres qu'il rencontrerait, filles et fils d'une autre époque, amoureux d'une vérité qu'ils avaient peut-être entendue de leurs parents, et bien plus souvent encore dans leur sommeil, et qui voudraient, dès qu'ils la reconnaîtraient dans leur vie, la célébrer au prix de leur confort. Ces gens étaient des rois, et Ibrahim était leur pair.

Poussé par Francis, puis maintenant par son professeur, à considérer des problèmes d'une complexité plus grande que la moyenne de son cours, Ibrahim alla, toute cette année, la tête pleine de questions irrésolues auxquelles il pensait jusqu'à ce qu'il trouvât la solution ou bien qu'il se lassât. Il continuait à jouer à la console, parfois pendant des heures. Il revint à l'endroit de son ancien emploi de guetteur, inactif et désert. Mouss avait été arrêté, Ibrahim comprit qu'il avait transmis à un autre la gestion du lieu de vente. Sans doute Mouss continuait-il de mûrir en prison sa délinquance, à la manière d'un fruit climactérique aux couleurs ternes après qu'il est tombé de sa branche. Peut-être était-il incarcéré dans la prison dont sortirait un jour Djibril, à la joie encore vive. Sur cette place de souvenirs, la gorge serrée, Ibrahim souhaita revoir son cousin libre. Et il espéra, avec douleur presque, que Djibril n'eut pas perdu au secret son enthousiasme. L'espace était rendu aux mères de famille qui jouaient avec leurs enfants. L'endroit ressemblait à une jachère industrielle où la nature reprenait ses droits – les deals avaient migré de quelques centaines de mètres –, on voyait mieux la banalité rassurante du lieu. Il n'était ni laid ni superbe, il avait juste cessé de retenir sa respiration. Ibrahim ne chercha pas à comprendre les nouveaux trafics, ni à connaître les nouveaux protagonistes, son esprit était occupé à d'autres questions, qui avaient rempli l'espace vide qu'il voyait devant lui.

Et quand il trouvait des réponses, car il en trouvait souvent, il connaissait une excitation qui le laissait dans un état de sidération heureuse. Cette montée en puissance dura jusqu'en mai de l'année suivante. On entra dans le domaine des probabilités et Ibrahim se trouva exposé à une manière de penser qui pouvait à chaque pas verser dans l'erreur. Ces raisonnements étaient incommodes, le formalisme ne l'aidait pas ; il eut besoin d'apprendre une fois de plus un nouveau langage et connut une phase ingrate. Il se sentait apprécié par Francis, pour qui il était devenu un des tuteurs réguliers, et son professeur de mathématiques lui avait dit un jour de juin qu'il devrait considérer une classe préparatoire.

29

Sa mère n'avait aucune idée de la filière dont parlait Ibrahim. Elle avait bien vu le changement par lequel était passé son fils, et le calme qui s'était emparé de lui. Jusqu'à l'année dernière, elle avait suivi de près la scolarité de son fils et s'était enquise de ses notes. Ainsi, elle avait vu la dégradation au fil des années de collège et s'était résolue à agir quand elle n'avait plus pu ignorer la délinquance qui se manifestait. La situation actuelle ne ressemblait plus à la médiocrité qu'elle avait connue : elle reprenait espoir.

Elle demanda à ses collègues, à la mairie, comment mieux comprendre les options qui s'offraient à son fils. Pour eux, il s'agissait d'une voie prestigieuse, ils connaissaient même un ami dont le fils ou la fille était maintenant ingénieur après avoir fait une prépa. Pour les détails pratiques, il fallait demander aux professeurs. Ibrahim avait eu 18 ans et il devenait impossible pour sa mère de se substituer à lui, ni *a fortiori* de décider à sa place. Elle interrogeait Ibrahim, celui-ci donnait des réponses évasives puis s'enfermait dans sa chambre ; quand elle y entrait, il était penché sur sa table et travaillait. Il l'intimidait. Lorsqu'elle était allongée dans le noir, juste avant de s'endormir, elle se réconfortait de savoir que son fils avait pris une direction, mais elle s'angoissait à nouveau qu'il ne s'échouât au-delà de la barrière où elle pouvait l'aider.

Elle eut surtout l'impression de pouvoir enfin déposer un fardeau dont elle n'avait pas mesuré le poids jusqu'alors. Il ne s'agissait pas seulement de celui attaché à son rôle de mère. D'ailleurs, elle imaginait sans le savoir de façon précise qu'elle continuait d'être pour son fils telle une ancre de traîne dont la chaîne était la plus légère et la plus longue possible. Non, le poids dont elle se déchargeait était bien plus ancien, et pesait sur les épaules des femmes du Maghreb, qu'on croyait soumises, mais qui décidaient de tout pendant que les hommes paradaient sans vergogne.

Elle se trouvait enfin face à un choix qu'elle laissait à d'autres et qui ne dépendait plus d'elle. Elle n'avait plus à déployer l'arsenal de l'influence ou de la ruse, l'arsenal de la faiblesse, celui de la douceur, afin que fût prise la bonne décision par celui qui s'imaginait en avoir le pouvoir. Elle y pensait comme on voit une terre promise s'approcher au loin, accoudée au bastingage, pour un instant seule à profiter de la vue, tristement heureuse à l'idée de n'être attendue par personne.

Elle revit son mari ce mois-là dans un des cafés du centre, non loin de la mairie. Il ne savait pas plus qu'elle comment s'y prendre pour aider Ibrahim dans ses démarches. Une fois ce sujet évoqué, elle se trouva gênée de discuter de choses banales, ressentant une certaine réticence du père d'Ibrahim à entretenir une conversation plus longue. En revenant de ce rendez-vous, elle se fit la réflexion qu'il s'agissait peut-être d'une réticence commune à eux deux. Sans doute imaginaient-ils être maintenant placés dans une situation d'impuissance vis-à-vis de l'avenir d'Ibrahim.

Dans un magasin proche de la mairie, ce jour-là, elle acheta, sans attendre les soldes, un chemisier en soie sauvage écru, laissant son épaule nue. Elle se trouva belle dans le secret de sa cabine. Le soir, elle accepta de prendre le numéro d'un des clients du bar où elle avait chanté à nouveau, lorsque, bien qu'elle fût attablée avec ses amies proches, il eut l'audace de l'aborder, gonflé de courage par un premier verre. On ignore à ce jour si elle l'a appelé, mais c'est possible.

Ibrahim, comme ses parents, n'avait aucune idée de comment s'y prendre. Il revint voir son professeur, qui lui donna la liste des éléments qu'il lui fallait joindre au dossier, dossier qu'il envoya à quelques lycées dotés de classes préparatoires scientifiques. Son professeur lui dit aussi que le niveau était élevé, et qu'il faudrait sans doute travailler plus encore qu'il ne le faisait.

Ibrahim avait l'impression qu'on lui parlait d'un pays pour lequel il lui manquait un visa. Le fait de travailler, au sens où l'entendait son professeur, lui plaisait, il avait pris goût à l'effort. Ce travail lui apportait la satisfaction d'une maîtrise parfaite tout en mettant le quotidien à une distance respectable. Il avait essayé de s'abrutir avec d'autres distractions, mais celle-ci l'emmenait plus loin et lui donnait une stature.

Il en parla à Francis, qui examina la liste et l'aida à rassembler les éléments requis : ses notes de l'année écoulée, ses notes au baccalauréat, une lettre de son professeur de mathématiques. Francis connaissait le proviseur d'un des grands lycées de la ville. Il lui parla. Au fur et à mesure que la fin de l'année approchait, Ibrahim vit son monde s'écarter encore du milieu où il vivait. Il lui arrivait toujours de sortir à vélo ou de jouer à des jeux de console avec José, mais il ressentait surtout le besoin, presque physique, de se mettre au travail et de réviser le programme sur lequel il serait interrogé. Au lycée, il avait sympathisé avec des camarades doués de sa classe qui trouvaient sa compagnie intéressante – et, Ibrahim avait fini par se le dire, exotique. Un jour qu'il avait été invité dans le grand appartement d'un de ses camarades, il avait été présenté au père comme « Ibrahim, tu sais, le fort en maths », et le père lui avait souri avant de se retirer dans son bureau.

Ibrahim était resté un temps dans le salon avant d'aller dans la chambre jouer à de nouveaux jeux piratés par son camarade. Sur une console près de la fenêtre se tenait un globe en son axe penché, marouflé de cuir clair et cerclé d'azimuts de buis vernissé. Les pays se découpaient en formes végétales sur la mappemonde et correspondaient à la vue de la Terre qu'on devait avoir au XVIIe siècle, où l'Égypte n'était encore qu'un pays réduit à son fleuve.

Ibrahim regardait ce globe et, quand il levait les yeux, il voyait au mur des peintures figuratives, dont l'une montrait le visage d'un vieillard éclairé de face et penché sur son livre, tandis que sur le mur le plus large une scène champêtre mettait en scène des gentilshommes faisant une cour galante à leur compagnie. Il avait déjà vu se déployer un tel langage dans les illustrations des livres d'histoire. Il ne pensait pas la grammaire applicable au présent. Et pourtant, cette grammaire tournait sur un axe près d'une fenêtre, elle s'affichait à un mur, elle se voyait dans les couvertures cuir et or d'une série d'in-quarto alignés sur l'étagère d'une bibliothèque creusée dans le stuc. Quand il rentra chez lui ce soir-là, il fut troublé de se trouver si loin de l'endroit où il avait passé l'après-midi.

Francis organisa un rendez-vous avec le proviseur qu'il connaissait. Ibrahim n'avait aucune idée de comment s'habiller. Il imaginait seulement que son survêtement serait sans doute inapproprié. Il reprit le costume de son père, celui qu'il avait utilisé pour voler dans la librairie, et la même chemise blanche. En retrouvant Francis, qui s'était proposé de l'emmener, il vit son sourire, et sut que Francis ne se moquait pas de lui. Francis lui expliqua qu'il avait déjà décrit son parcours au proviseur. Il s'agissait surtout de confirmer sa motivation et de répondre à des questions simples, du type « quel métier l'intéressait ». Et la réponse à cette dernière question était simple, ajouta Francis : ingénieur. Ibrahim hocha la tête, assis à la place du passager et ayant trop chaud dans son costume hors saison.

« "Motivation", qu'est-ce que ça veut dire ? demanda-t-il.

— La raison pour laquelle tu veux aller en prépa.

— Je ne sais pas, pour faire des mathématiques, parce que cela m'intéresse.

— Tu réponds que tu veux faire de la science et que c'est le truc qui te motive, tu lui dis que tu donnes des cours chez moi pour te faire de l'argent. L'idée, c'est de mettre ton épingle dans son jeu. »

Ibrahim sonna à la porte du lycée où l'avait laissé Francis et annonça qu'il venait voir le proviseur. Il fut conduit à une antichambre où on le fit attendre sur un banc en bois qui ressemblait à celui d'un tribunal ou d'une église. Après un moment, on le fit entrer dans un bureau aux grandes fenêtres qui donnaient sur la cour du lycée. Le proviseur lui fit signe d'avancer et de s'asseoir. La sonnerie retentit, et pendant qu'il s'asseyait sur la chaise devant le bureau épuré du proviseur, Ibrahim aperçut par la fenêtre les élèves s'égailler sur le bitume, noir d'un soleil qu'on aurait pu croire méditerranéen.

Le proviseur avait un visage accueillant, portant une barbe de quelques jours et une chemise à manches courtes, avec une poche dans laquelle plusieurs stylos étaient clipsés. Il ressemblait lui aussi à un ouvrier ayant revêtu un costume, un électricien des années 1950 peut-être. Francis lui avait dit beaucoup de bien d'Ibrahim. Ses classes étaient déjà bien pleines, « il allait voir », mais avant « il voulait en savoir plus ». Ibrahim se demanda ce qu'il faisait ici à mendier sa place avec son français de syllabes gobées.

Ibrahim parla trop vite de son désir de devenir ingénieur, et il eut l'impression de sonner faux, déguisé qu'il était avec ses habits qui ressemblaient à ceux du proviseur. Le déguisement déshonorait d'ailleurs celui qui le portait et celui qui participait à la fête, puisque la simple lecture du dossier aurait dû suffire, pour n'importe qui placé dans les mêmes circonstances, à constater la preuve concrète de ses capacités. Le proviseur l'écouta pendant quelques minutes. Puis, quand il eut fini – ce fut bref, puisque Ibrahim ne savait rien dire d'autre que « me voici » et « voici où je vais » –, le proviseur regarda Ibrahim et lui demanda si c'était Francis qui lui avait conseillé de dire qu'il voulait être ingénieur. Ibrahim opina de la tête.

Le proviseur sortit un stylo de sa poche et fit une coche sur le dossier ouvert qu'il tenait devant lui. Et ce fut tout. Le proviseur se leva et tendit une main ferme à Ibrahim, qui la serra, surpris de la fermeté de la sienne. L'entrevue avait duré dix minutes. Dans son bureau, le proviseur se tourna vers la fenêtre et se demanda par quelle ineptie moderne on lui demandait d'être le juge d'Ibrahim. Il était temps de sortir du pays stupide.

30

Il reçut la lettre d'admission en classe préparatoire deux mois après son entretien et fit sa rentrée en septembre. Là où la plupart de ses camarades appréhendaient le vide qui se formait dans leurs vies désormais consacrées au travail, Ibrahim sentit au contraire son monde se remplir à craquer. Il bûchait sans cesse, conscient de ses lacunes. Il vivait avec une acuité plus grande, du fait de la difficulté accrue, le plaisir de comprendre et de réfléchir. Il lui arrivait parfois d'être allongé sur son lit et de ne penser qu'à une seule chose, son esprit étant purgé de toute distraction. Cet état méditatif lui manquait durant le reste de la journée.

Une solidarité de labeur s'était nouée, il se trouvait engagé dans des discussions autour de ses sujets d'étude. Il répondait parfois quand ses professeurs interrogeaient la classe, et montait au tableau de temps en temps. Il se passait quelque chose d'exceptionnel : on lui demandait son avis. Il combattait des monstres dont il commençait à cerner les faiblesses. Il passa sans encombre dans la classe supérieure et se prépara pour les concours. Durant cette période où il travaillait sans relâche, il acquit une maîtrise des sujets qui le laissait dans un état de fatigue heureuse. Il savait répondre aux questions posées et, quand il était empêché, son esprit ne se taisait pas pour autant, continuant à chercher inlassablement. Son identité, son quartier, sa pauvreté, tout cela était sujet à débat, et on en débattait sans fin, sous les regards lourds, dans les remarques plombées, dans les conversations nationales télévisées. Il n'y prêtait plus attention ; dans la rue, les regards coulaient sur lui. Ce qu'il savait faire l'avait anobli sans retour possible, il n'avait plus besoin d'une identité pour être quelqu'un. Il y repensa plus tard, cernant les limites de cet universel orgueil.

Il revit son père plus régulièrement, profitant du calme de son appartement pour y travailler. Il déjeunait avec Francis de temps à autre au café devant le lycée. Durant un de ces déjeuners, il devina que Francis avait lui aussi passé les concours et qu'il avait échoué, avant de rejoindre l'université. En mai, Francis posa sur la table un sac qui contenait un livre emballé dans du papier cadeau, « à ouvrir plus tard ». Quand Ibrahim déchira l'emballage, il découvrit un livre à la couverture rouge, le cours d'un physicien russe. Il ne sut pas comment remercier Francis. Il lui écrivit une lettre d'une page qu'il ne posta pas et dont nous ne connaissons pas le contenu. Ce même soir, il écrivit aussi à sa mère et conserva de même l'enveloppe dans un tiroir de son bureau.

Ibrahim appréciait particulièrement dans le cadre de la préparation aux concours les « colles », ou interrogations orales. Il aimait qu'une question claire soit posée. Il ne s'effrayait pas du laps de temps qui lui était alloué pour répondre, prenant le plaisir le plus vif dans l'écrasement de la craie sur le tableau. Il lui arrivait de rester seul dans la salle de classe après que la colle fut finie, s'imaginant assis à la place de l'interrogateur. Il appréciait aussi les longues périodes durant lesquelles un problème était posé, souvent le samedi, et où la concentration d'une classe d'une quarantaine d'élèves faisait tomber un silence à peine troublé par des froissements de papier.

Un jour, d'anciens élèves entrés à l'École polytechnique vinrent rendre visite à leur professeur, habillés en treillis – ils faisaient leur service militaire. Ils avaient les cheveux rasés et sur leur poitrine était marqué leur nom en lettres noires. Ibrahim pensa au nom qui devrait être inscrit sur l'uniforme de Djibril. Il vit une noblesse dans le nom qu'on affichait, dans les cheveux qu'on rasait, dans l'uniforme qu'on portait.

La première année, on l'aida pour s'inscrire aux concours et, sur les conseils de ses professeurs, il prit le risque de postuler aux écoles les plus prestigieuses. Il fit valoir son manque de moyens pour ne rien payer.

La République était gratuite pour ses ingénieurs, les autres filières, commerciales, s'imaginaient seulement être d'une même générosité.

Son père tint à l'emmener passer les épreuves. Pendant une semaine, il vint le chercher le matin chez sa mère pour le conduire dans des hangars ou des lycées réquisitionnés par l'Éducation nationale. Il le ramenait en fin de journée. Ibrahim dormait pendant le trajet du retour. Quand il se réveillait pour monter l'escalier qui menait à l'appartement de sa mère, il se sentait pris d'une ivresse légère qui mettait à distance l'environnement familier où il mangeait le soir. Le lendemain, tout recommençait. Pendant toute la durée du concours, il se tint assis par périodes de quatre heures devant une feuille sur laquelle se trouvaient des questions dans un ordre croissant de difficulté. Ils étaient peut-être deux cents, tournés vers le nord, penchés sur leurs feuilles comme des rameurs.

Au fur et à mesure que la température montait, ils finissaient en nage, et quand la sonnerie retentissait, ils posaient leurs mains à plat sur la table et les assesseurs collectaient les copies. Durant une des épreuves de mathématiques, Ibrahim sut répondre à la première moitié des questions puis resta embourbé là, perdant une heure à s'imaginer comment il pourrait malgré tout répondre à la suite. Son malaise fit rapidement place à une sorte de béatitude durant laquelle il s'absorba dans la contemplation de son écriture, qui était devenue précise sous l'effet de la pratique. Il nota qu'elle s'était redressée, penchant légèrement vers la droite. Pendant un bref instant, il eut l'impression de lire la copie d'un autre, ce qui occasionna une légère surprise coupable, le sortant de sa torpeur. Ibrahim avait parfois l'impression de ne plus exister.

Les épreuves de français étaient des supplices. Pourtant, un de ses professeurs avait commencé son cours par une proposition scandaleuse qui avait eu le don de saisir l'attention d'ingénieurs insensibles aux faibles coefficients. Il avait avancé que la littérature s'opposait à tout ce qui servait de pensée à l'heure actuelle, pour qui la seule relation réelle était celle du dominant sur le dominé, et la seule existence authentique, celle vécue dans une identité définie. La littérature, avançait-il, montrait au contraire notre proximité universelle de lecteurs avec une multitude d'auteurs, sans relations hiérarchiques, sans concomitance d'époque ou de lieu, et, pour finir, d'identités multiples, détachées de leur style, de leurs propos et de nos propres identités. Seules comptaient la vérité et l'exactitude ; le reste – ces idées transitoires et modernes qui paraissaient si définitives – servait de distraction aux esprits paresseux. Ibrahim avait entendu et noté ces phrases, et s'en était souvenu le soir, comme par effraction, alors qu'il essayait de réfléchir à des questions mathématiques dont il ignorait finalement si la science était plus exacte que la précision qui nourrissait un poème de Rilke.

Sa chance au concours fut peut-être de devoir commenter un vers de « L'homme qui observe », où celui qui grandit est défait par des forces toujours croissantes. Sous cet angle il lui parut possible de donner corps à quelques pensées qu'il avait eues en lisant les textes au programme de ces deux dernières années. Ce fut sa plus mauvaise note, mais il eut le sentiment d'exprimer malgré tout quelque chose en quoi il croyait. Un soir, alors que son père le raccompagnait chez sa mère, ils eurent tous deux l'impression, sans se l'avouer autrement que par leurs regards, d'être arrivés ensemble à destination. Avant de repartir, son père lui proposa de revenir le lendemain pour qu'ils déjeunent et peut-être passent une partie de la journée au parc où se tenait une exposition de voitures de collection sponsorisée par la mairie. Ibrahim accepta.

Le jardin de l'exposition resplendissait sous un soleil qui faisait étinceler les feuilles et les chromes. En tant que fonctionnaire municipal, le père d'Ibrahim n'eut pas à payer les tickets d'entrée. Ils flânèrent dans les larges allées de gravier où l'on avait garé des Facel Vega bleu nuit, des Bugatti scintillantes aux capots ouverts sur des alignements rutilants de cylindres. Il y avait aussi des véhicules de marques anciennes qui s'étaient depuis reconverties dans l'automobile de masse.

Le regard du père d'Ibrahim se perdait parfois dans les massifs. Dans ce jardin qui sentait l'herbe coupée, il sembla naturel à Ibrahim de questionner son père. Il le fit au croisement principal, là où quatre Mercedes Pagode stationnées de regard semblaient se diriger vers une collision silencieuse.

« Pourquoi n'as-tu pas simplement choisi de partir, en emmenant ta mère avec toi ?

— Ah ça, je l'ignore ! Ton oncle et moi voulions venger l'affront, j'imagine. Nous avons cédé à la facilité.

— Mais finalement tu es parti, et ta mère a dû partir aussi.

— Certes. Je n'avais pas compris la taille de la prison. Tout était fait, au pays, pour que nous devenions fous.

— C'est par folie que tu es parti aussi ?

— Si j'imaginais un jour que tu me poses cette question. »

Le père d'Ibrahim laissa passer un silence.

« Tu as raison. Il aurait peut-être suffi de vivre, comme mon frère l'a fait. Il aurait suffi de s'habituer. J'avais peur, je te l'ai dit. Voilà la vérité, et ça m'a forcé à changer.

— Ton frère, lui, n'a pas changé. Il est resté le même, il vit dans la même ville, fait les mêmes choses, connaît les mêmes gens », insista Ibrahim.

Le père d'Ibrahim, tout en marchant, avait sorti une cigarette. Il s'arrêta pour l'allumer en faisant une coupe au vent avec sa main, avant de répondre :

« Tu viendras bientôt avec *tes* solutions plutôt que *mes* problèmes. Tu sais, le principal intérêt de la vie, c'est de changer. J'ai changé juste assez pour toi, j'ai fait ce que j'ai pu. Et maintenant c'est à ton tour. Tu en es capable. »

Par ces mots s'effacèrent les dernières traces de l'admiration récente qu'Ibrahim avait éprouvée pour la violence de son père. Elles firent place à ce que l'on appelle, avec une dextérité égale, l'amour filial.

31

Depuis un mois, Ibrahim était chez lui et trompait son ennui avec José ou Djibril. Ce dernier était sorti de prison, ils s'étaient revus et la vie avait repris comme avant, Djibril avait retrouvé son appartement qu'il avait sous-loué pendant son absence à un Algérien reparti depuis au pays. Ils jouaient aux jeux vidéo que le locataire avait rangés dans des cartons. Djibril raconta la prison à Ibrahim et celui-ci comprit que son cousin était parvenu à s'établir comme fournisseur habile de produits de première nécessité. « Ni drogue ni armes », précisa Djibril. Ibrahim raconta la classe préparatoire. Pour se dédouaner, il insista sur le fait qu'il détonnait au milieu de « ces bourgeois », et en le disant, il réalisa qu'il déformait la réalité de ce qu'il avait vécu. Ce n'était pas ce qui comptait, ce qui comptait, c'était qu'il faisait partie du même groupe et qu'il parlait de la même voix, puisqu'il l'avait choisi.

Ce jour-là, Ibrahim s'était levé plus tôt qu'à son habitude. Il s'était habillé comme la veille, et quand il fut assis dans la cuisine sous le regard de sa mère, sa jambe droite trembla sous la table. Il sortit, remonta la fermeture Éclair de sa veste et décida de marcher d'un bon pas jusqu'à son lycée, malgré une fine pluie d'été. Dans ses écouteurs repassait en boucle la chanson d'un chanteur noir américain des années 1970 qui parlait d'une fille de mauvaise vie. Cette chanson lui semblait coupée en deux parties, entre lesquelles on entendait des bruits de pas, et qu'il lui avait fallu rassembler par les moyens du bord. Il entendit encore la césure, il remarqua que Lee Moses chantait la deuxième partie d'une voix plus désespérée.

Quand il arriva devant la porte de son lycée, elle était grande ouverte. Une odeur d'humidité mélangée à la poussière montait du sol encore mouillé, comme si la mer s'était retirée lors d'une grande marée pour qu'on puisse la traverser à pied sec. Dans la cour, de nombreux élèves étaient venus comme lui s'enquérir de leurs résultats, lesquels étaient affichés sur un fond noir, derrière une large vitre fermée d'une serrure argentée sur laquelle le soleil se reflétait. Ils y étaient écrits, trop lointains pour être lus, lui rappelant l'existence de la vie sous forme d'échéances.

Ibrahim marcha dans cette cour et ralentit son pas. Il pensait qu'être ici était déjà une victoire, de celles qui surpassaient toutes les défaites encore possibles. Et son cœur enfla de ses trop nombreuses gratitudes. S'il n'avait bénéficié que de la bienveillance de ses parents qui le guidait, cela lui aurait suffi, il aurait fait avec. S'il n'avait eu que celle de Cormier qui l'empêchait, ou celle de Francis qui enseignait, cela lui aurait suffi aussi. Et s'il n'avait été que cet adolescent multipliant dans la solitude les obligeances envers ses capacités, cela nous aurait suffi, nous qui l'attendions. Ce qui dépendait de lui comptait autant que ce qui n'en dépendait pas, et si cela n'avait pas été le cas, personne ne serait venu à son secours. Au-dessus des feuilles affichant les résultats, il vit la tête de Marianne placée sur un encorbellement du mur, et au-dessus du buste était déployé le drapeau français qui rappelait à ceux qui s'en approchaient où l'on s'était toujours trouvé.

À mesure qu'il s'avançait, Ibrahim discernait sur les feuilles des inscriptions vagues à moitié cachées par des élèves les lisant. Il marchait et un mascaret de cris de joie étouffés et de rumeurs sourdes remontait contre lui. Dans la surface liquide des vitres, il voyait marcher à ses côtés les autres élèves attroupés. Certains le dépassaient, il en distançait d'autres. Les silhouettes sur les feuilles peu à peu se précisaient, émergeant des déformations du verre. À cette distance, Ibrahim ignorait quel était le résultat de ses efforts. Il ne voyait plus maintenant que le reflet des hommes et des femmes qui lui semblaient marcher vers lui d'un pas plus pressant.

Pendant un instant, la cour résonna du pas rythmé des élèves qui s'étaient mis à l'unisson, s'accordant les uns les autres sans le vouloir, marchant tous dans la même direction. Et, à ce moment précis, il sembla à Ibrahim que montaient vers lui les soldats d'une armée venue lui porter secours, comme un pays souverain enverrait ses bataillons libérer un otage trop long-temps retenu en territoire ennemi.

REMERCIEMENTS

Remercier, à bien des égards, consiste à donner le point de départ. Pour les fusées, on sait. Pour les hommes, la chose est moins claire.

Merci à Michèle et Jean-Pierre, qui commirent l'irréparable il y a cinquante-deux ans et qui, après les colliers de nouille, les galets peints, après les empreintes de mains dans la glaise vernie, doivent maintenant se fader un roman de leur fils.

Merci à Antonia, qui fut ma première lectrice et qui sait d'où vient l'idée de ce livre.

Merci à Marie, qui fut ma critique, ma correctrice, et la gardienne de la vraisemblance comme de la grammaire.

Merci à Bruno, qui fut le deuxième lecteur et qui aura su me donner une direction avec la bienveillance qui le caractérise.

Merci à Frédéric, sans son amitié ce livre n'aurait sans doute pas vu le jour.

Merci à Georgia, qui m'aura permis de passer d'un texte illisible à un texte présentable.

Merci à Carl pour ses suggestions lumineuses, et à ses équipes, en particulier Hélène, Maryse et Isabelle, qui auront transformé ce texte en un texte publiable.

Merci à Léah et Isaac, qui sont mes raisons impérieuses et à qui j'espère avoir démontré qu'il n'y a pas de ligne d'arrivée.

Merci à Sarah, qui n'a pas pu lire ce livre et qui voulait que je l'écrive. Que veux-tu, ma sœur, j'ai tardé.

MIXTE
Papier issu de sources responsables
FSC® C108412

Imprimé en France par
CPI Bussière
en février 2022
N° d'impression : 2063459